JN116055

マドンナメイト文庫

美熟未亡人の秘密

雨宮 慶

目次

contents

美熟未亡人の秘密

第一章　刺戟的な宝物

1

家の中はしんと静まりかえっていた。

この家に住んでいるのは、塩見杏子《しおみきょうこ》ひとりで、その杏子は同じ敷地内にあるカフェに出ていて、家の中には拓也《たくや》以外だれもいない。

山野《やまの》拓也はこの日、始業早々、杏子から洗面所の排水パイプが詰まったので直してほしいという依頼を受けて、すぐにかけつけてきたのだった。

拓也はこれまでになんどか、杏子の家にきていた。すべて水道修理の仕事でだった。

初めて家に入ったときのことを、いまでもよくおぼえている。甘い、いい匂いがして、それが杏子の匂いだと思うと胸がときめいた。

それはいまもかわらない。というより、杏子の家に入って、甘い匂いを嗅いだだけで生まれる胸のときめきは強くなっている。

拓也は、きれいな、やさしげな顔だちをしている杏子に、高校生の頃から憧れていた。

それは紛れもなく、憧れにすぎなかった。なにしろ杏子は拓也より二十五歳も年上なのだ。

その前に拓也は中学生の頃から杏子を知っていた。杏子の一人娘の美穂《みほ》が同級生で、当時美穂と付き合っていて、杏子にもなんどか会ったことがあった。

ちょうど拓也と美穂が高校に進学した直後だった。美穂の父親で、杏子の夫である塩見悠一郎《ゆういちろう》が、四十七歳の若さで膵臓ガンで亡くなったのは。

それから一年ほどして、杏子は自宅の敷地内にカフェを開店した。

カフェの経営は、すぐ目の前が海というロケーションと、それにマッチしたアメリカ西海岸風なしゃれた造りにくわえ、やさしい美人ママという好条件がそろって順調だった。

ただ、拓也と美穂の付き合いのほうは順調とはいえなかった。高校進学の際、拓也は工業高校、美穂は普通科のある進学校に入ったこともあって、そのうち自然消滅のような形で終わったのだった。

美穂と付き合っているときは、カフェにもよく顔を出していた拓也だが、関係がなくなるといかなくなっていた。

ふたたびいくようになったのは、高校を出て父親がやっている水道設備の仕事をするようになってからだった。美穂は東京の大学にいっていた。

それから一年あまりになる。その間に拓也の杏子に対する憧れは、大きく変わってきた。

当然のことに二十五歳という歳の差は変わるはずもなく、杏子はいま、四十五歳になっている。

拓也は二十歳。高校生の憧れと、二十歳のそれは、いつしか親子ほどもちがう年齢差を超えたものになって、拓也は杏子のことを一人の女として見るようになっていたのだ。

排水パイプの詰まりは、簡単に直った。

それでもまだ酷暑の名残が強い中での作業で、杏子はそばに扇風機を用意してくれていたが、拓也の額から首筋には汗が吹き出ていた。

首にかけているタオルで汗を拭って、道具を工具入れにしまうと、拓也は家の中の空気を胸いっぱいに吸い込んだ。

熱気の中にそこはかとなく漂っている甘い匂いが、鼻腔から胸に流れ込んできた。

——これがおばさんの匂い、躯《からだ》の匂いだ……。

そう思うと、杏子の色っぽい躯が脳裏に浮かび、その躯と自分の躯が密着しているような錯覚に襲われてドキドキし、それだけでペニスが充血してきた。

立ち上がると、洗面台の鏡に興奮した自分の顔が映っていた。

洗面所は浴室につづいていて、脱衣場も兼ねていると想われる。ということはその鏡に入浴前に杏子が裸を映して見ることもあるはず……。

そう思ったら、若いペニスはまたたくまに勃起してしまった。

相手が好きな杏子ということもあるけれど、こんなにも過敏に感じて反応してしまうのは、拓也がまだ童貞だからだった。

美穂とは、夜の公園で抱き合ってかるく唇を合わせただけで、それ以上のことはなかった。

拓也は胸をときめかせながら、思った。

──できれば、もっとここにいて、このいい匂いを嗅いでいたい。それだけじゃなくて、おばさんの寝室にも入ってみたい。

だが、それはできないことだった。杏子は拓也のことを信用して、勝手口のドアの鍵を預けているのだ。それを裏切ることはできなかった。

拓也は願望を断ち切って、勝手口に向かった。

杏子には、直しが終わったらカフェに寄ってちょうだい、といわれていた。

勝手口に向かう途中にサニタリーコーナーがあって、ドラム式の洗濯機が置いてあった。

そのとき、洗濯機の横に、帆布でできた収納ボックスのようなものがあるのが眼に止まった。

とたんに拓也の胸は早鐘を打ちはじめた。

……気がつくと、ボックスの前にしゃがんでいた。

ボックスのサイズは縦横、約三十センチ×四十センチ、高さ六十センチほどで、上部に蓋がついている。

拓也はふと周りを見まわして、ドキドキしながらケースの蓋を開けた。

洗濯前の杏子の衣類らしいものが入っていた。

期待しているものがすぐに眼に入るのではないかと胸をときめかせていた拓也だが、それはなかった。パジャマとTシャツが入っているだけのように見えた。

拓也は落胆を味わいながらTシャツを手にとり、鼻に押しつけて匂いを嗅いでみた。甘ったるい、紛れもない杏子のいい匂いを吸い込むと、興奮と一緒に頭がクラクラした。

さらにパジャマを取り上げた。

その瞬間、拓也は眼を見張ると同時に息を呑んだ。

そこに、期待したものがあったのだ。クリーム色のパンティだった。

それを拾い上げる拓也の手はふるえていた。

興奮で喉が渇き、息苦しい。

拓也はパンティをゆっくりひろげてみた。まるで宝物を前にしているかのようだった。

ただ、それは、拓也がハマッているインターネットのアダルト動画に出てくる女たちやグラビアアイドルなどのようなきわどいものではなかった。フツーのありふれた形のパンティだった。

それでも拓也にとってはどんなパンティよりも刺戟的だった。杏子が穿いていたものだからだ。

パンティの股布の部分に、うっすらと木の葉状のシミのようなものが付着していた。

それを眼にした瞬間、もういけなかった。パンティを手にしたときからいきり勃っていたペニスが、こらえきれないほど甘くうずいてきたのだ。

拓也はパンティを手にしたままトイレに入った。ズボンとパンツを脱ぎ下ろして便座に座ると、パンティの股布に鼻を押し当て、強く鼻呼吸を繰り返しながら、手で怒張をしごいた。

汗に似た、甘酸っぱい匂いが鼻腔に流れ込んでくる。

──ああ、おばさんのアソコの匂いだ……。

そう思ったら、たちまち我慢できなくなった。我慢する必要はなかった。

怒張に押し寄せてくる快美感に、拓也は身を委ねた。めまいがするような快感に襲われて軀がわななき、怒張がヒクついてスペルマが勢いよく迸った。

横腹に『(有)山野水道設備』と書かれた軽バンに工具入れを乗せてから、拓也はカフェに入っていった。

店内はクーラーが効いていて、まさに天国だった。

「直りました」

「あら、ご苦労さま。ありがとう、助かったわ」

カウンターの中から杏子が笑いかけてきて礼をいった。

「鍵、ここ置いときます」

拓也はそういってカウンターの上に杏子の自宅の勝手口の鍵を置いた。

ちょうどモーニングサービス目当ての客が一段落したところらしく、店内にいるのは杏子ひとりだった。

「暑かったでしょ。そこに座って。なにか食べていく？」

杏子が鍵を取って訊く。

「あ……いえ、いいです」

カウンターの椅子に腰かけながら、拓也は一瞬口ごもっていった。

杏子とまともに眼を合わせることができなかった。作業服のポケットの中には、杏子のパンティが入っていた。

パンティを盗もうとしたとき、拓也は一瞬ためらった。杏子にすぐにバレるんじゃないかという惧れが頭をよぎったからだ。だが、宝物を手放すことはできなかった。

「どうしたの？　サービスだから遠慮しないで。軀の調子でもよくないの」

杏子が心配そうに訊く。カフェの人気メニューはパスタとカレーで、これまでの拓也ならすぐにどちらかを注文するところだった。

「いえ、このあとすぐ、ほかの仕事にいかなきゃいけないんで……」

拓也はとっさにウソをついた。

「そう。じゃあアイスコーヒーだけでも飲んでいく？」

「はい、じゃあいただきます」

本当は早く逃げ帰りたい気持ちだった。だが妙にあわてたりしていると、もし杏子がパンティがないことに気づいたとき真っ先に疑われる。それに杏子とふたりきりでいたい。そんな懸念と思いがあって、拓也はそう応えた。

杏子がサイフォンを使ってコーヒーを淹れるのを、拓也はちらちら盗み見ていた。コーヒーはサイフォンで淹れるのが、杏子のこだわりだった。

今日の杏子は、お決まりの胸当てのついたエプロンをつけて、白いTシャツにベージュのチノパンツという格好だった。そして、セミロングの髪を後ろで束ね、スカーフを結んでいた。

スタイルがいい杏子にはそういうラフな格好もよく似合っていて、顔だちからしてそうだが歳よりもうんと若く見える。

拓也も杏子もどちらかといえば口数が少ないタイプのため、年上の杏子が口を開かないかぎり、拓也から話しかけることはまずない。

いまも、ふたりの間には沈黙が流れていた。

その沈黙が、拓也にとっては今日にかぎってひどく重苦しく感じられた。

そればかりか、重苦しさが心配と怯えに変わってきた。

――もしおばさんがパンティがなくなっているのに気づいたら、きっと盗まれたと思うだろう。で、犯人はだれか考えたとき、俺しかいないと思うにちがいない。そうなったら俺は、おばさんに下着泥棒だと思われて軽蔑され、嫌われるに決まっている。

そう考えたら、いてもたってもいられない気持ちになって、忘れ物をしたといって鍵をもらって引き返し、パンティを返しておこうかと思った。

だがポケットの中にある、杏子の温もりさえ感じられる宝物を返す気にはならなかった。

それどころかチノパンツがフィットしている、杏子のむちっとしたヒップに眼を奪われてゾクゾクしていた。

2

カフェを閉めて家にもどると、シャワーを浴びる前に洗濯機をまわしておこうと思い、杏子は午前中に拓也がパイプの詰まりを直してくれた洗面所にいった。着ているものを脱いで裸になり、バスタオルを躯に巻くと、衣類を手にして洗濯機に向かった。

その衣類を洗濯用ネットに入れ、さらに昨日洗濯しそびれた衣類が入っているボックスの蓋を開けて中のものを取り出し、それもネットに入れていく。

『エッ!?――』

杏子は思わず胸の中で声をあげた。

確か、ショーツが一枚あったはずだが、それがないのだ。

――勘違いかしら。いや、そんなことはない。まちがいなく、クリーム色のショーツを入れた……。

そう思った瞬間、ハッとした。

――だれかに盗まれたってこと!? ……もしそうだとしたら、考えられるとしたら、エエッ、拓也くん!? ……まさか、あの子がそんなことをするなんて……でも可能性があるとしたら、あの子しかいない……。

杏子はすっかり動転していた。

山野拓也は、娘の美穂の同級生で、ふたりは中学生の頃付き合っていた。といっても年齢相応の微笑ましい付き合いだったらしい。付き合いについて、美穂は母親の杏子にオープンに話していた。

もっともその付き合いも、それぞれちがう高校に進学したこともあって、自然に終わったようだった。そして高校卒業後は、美穂は東京の大学にいき、拓也は父親が経営する水道設備の仕事をするようになった。

そんないまのふたりは、美穂が帰省したとき、杏子がやっているカフェで偶然顔を合わすぐらいで、そのようすを見ていると、ふたりにとってかつての付き合いはもうアルバムの一ページにすぎない、という感じだった。

杏子から見て、拓也は好感の持てる青年だった。高校時代まで野球に熱中していたスポーツマンで、顔だちもイケメンとまではいえないが男らしくて、わるくない。それに性格もさっぱりしていて、なにより最近の若者にはめずらしく、マジメに汗を流して現場仕事をしているところがいい。

――あの拓也くんが、わたしの下着を盗むだなんて……。

そうとしか考えられないと思ったものの、杏子はまだ信じられない気持ちだった。

洗濯機のスイッチを入れると、洗面所にもどって鏡を見た。

鏡に映っている顔に、動揺が表れていた。

杏子は自分のその顔を見つめたまま、ふと思った。

――あの子、わたしのショーツを盗んでどうするつもりなのかしら。

不意に顔が火照って、軀が熱くなった。

拓也がショーツを見ながら、いやらしいことを想像して興奮しているようすが脳裏に浮かんできたからだ。

――もしそんなことをしてたら、いやその前に、ショーツを盗んだとしたなら、あの子、まだ童貞なのかも……。

実際、杏子がふだん見ていても、真面目でうぶな感じが拓也にはあった。

――そういえば、今日の拓也くん、なんとなくへんだった。

杏子は思い出した。

――いつもなら、カレーライスかパスタのどちらか、喜んで大盛りを食べていくのに、このあとすぐ仕事があるからって、なんだか取ってつけたみたいな言い方をして……それにいま思えば、カフェに入ってきたときからなぜか妙に落ち着きがない感じだった……。

そう思ったとき、意表を突かれるようなことが頭に浮かんできた。

――考えてみたら、これまであの子のわたしを見る眼は、それも視線をわたしの軀に向けたときの眼は、フツーではなかったような気がする。こんなこと、いままで思ってもみなかったけど、それはあの子がまだ二十歳で、娘と友達だという意識がわたしの中にあったせいかも……。

杏子は鏡の中の、さらに動揺の色が濃くなっている自分の顔を見つめたまま、ゆっくりバスタオルを取った。

バスタオルの下は、全裸だった。

鏡の中に、四十五歳の裸身が映っている。

杏子の視線は、その裸身をなぞっていた。

ブラサイズCカップの乳房は、きれいな形を保っていて、若い頃の張りはないかわりに見るからに熟れた感じの柔らかみがあって、膨らみ全体をやさしく見せている。

熟れた感じは、ほかにもある。いくらか脂肪がついてきている腹部。それでもまだくびれているウエストからつづく、若い頃より豊かになっている腰のひろがり……。

杏子の視線はアンダーヘアに這って、そこで止まった。

なぜか、秘奥に熱いうずきが生まれてきていた。

理由はすぐにわかった。拓也が盗んだショーツを見ていやらしいことを想像していると思ったときから、おかしくなっていたのだ。

そればかりか、いやらしいことを想像するだけでなく、オナニーをしているかもしれないと思い、それで杏子自身、刺戟されていたのだ。

『いやだわ……』

杏子は胸の中でつぶやいた。

だがアンダーヘアから眼が離せない。

杏子のヘアは、かなり濃い。黒々とした縮れた毛が逆三角形状に密に生えていて、しかも肌が白いため、際立って見える。

そのとき杏子は亡夫がいったことを思い出した。

「杏子のこの濃いヘア、俺は好きだよ。俺って、もともとヘアは濃いほうが好きなんだ。そのほうがいやらしく見えて興奮しちゃうんだよ」

いやらしく見えるのは、杏子も実際そうだと思う。

杏子の場合、女性器の両側にも上から半分ほどまでヘアが生えていて、初めて自分でそれを見たときはいやらしさと恥ずかしさで顔が熱くなったものだ。

夫のことを思い出して自分の秘苑を想い浮かべていると、杏子は昂りを抑えられなくなった。

髪を結わえているスカーフを解いて浴室に入ると、給湯栓をいっぱいに開いてシャワーを頭から浴びた。

飛沫に叩かれる乳房全体がしこって、乳首が硬く尖っているのがわかる。

『ああ、あなた……』

胸の中で夫に呼びかけると、もう我慢できなかった。

両手で乳房をつつみ、やさしく揉む……。

快美な性感が生まれて下半身に流れ、ひとりでに腰がうごめくと同時に内腿がくすぐられてすり合わさずにはいられない。

杏子にとって亡くなった夫とのセックスは、まったく不満のないものだった。性生活はとても充実していた。

それも杏子の性は、夫の悠一郎によって開花したといってよかった。

結婚したとき、杏子は二十四歳、悠一郎は二十九歳。都市銀行の行員だった杏子に、顧客で弁護士の悠一郎が一目惚れして猛アタックし、杏子も悠一郎に好感を持っていたため、ゴールインしたのだった。

結婚して一年後、杏子は女児を出産してそのとき産休を取ったが、三十歳になるまで銀行勤務をつづけたのち、家庭に入った。

杏子は悠一郎と結ばれたとき、バージンではなかった。といっても経験した男は大学時代に初体験した相手だけで、そのときはまだ、クリトリスではイクことができたが〝中イキ〟といわれる膣でのオルガスムスは知らなかった。

その歓びを教えてくれたのが、夫の悠一郎だった。

夫と肉体関係ができた当初、杏子は予想外のことに驚かされた。

真面目で誠実な夫は、平素はカタブツの見本のようなタイプだった。

それがセックスになると、豹変するのだ。といっても乱暴なことをするわけではない。どこにそんな情熱を隠し持っていたのか啞然とするほど、行為にのめり込むのだ。

そんな夫を見て杏子は、〝むっつりスケベ〟という言葉を思った。ところが、

「セックスはね、愛情表現であると同時に楽しむためにあるんだ。だから、とことん楽しむべきなんだ」

夫が熱っぽくいうのを聞いて、思いなおした。

このヒトは、セックスもマジメにしているんだ、と。

同時に初めてわかったことがあった。平素の夫からは考えられないような情熱的な行為は、杏子をとことん感じさせて歓ばせようとしているのであって、自身もそれを楽しんでいるのだということが。

それを機に杏子のセックスは変わった。夫に合わせてセックスを楽しむようになり、そうなると女の歓びにめざめるのも早かった。

そして、そのうち夫婦のセックスに享楽的な要素が加わるようになった。

もとよりセックスに対して旺盛な興味を持っていた夫にリードされてのことで、その一つが、いわゆるソフトＳＭといわれるプレイだった。

それは文字どおり苦痛を伴うようなハードなものではなくソフトなプレイで、大抵は杏子が恥ずかしい格好を強いられて夫になぶられ弄ばれるというパターンだった。

そのとき、縛られることもあった。

杏子自身、そんなプレイを通してそれまで思ってもみなかったことに気づかされることになった。

それは、自分の中にマゾヒスティックな性向が潜んでいたということだった。

「正直いって、杏子がこんなにマゾッ気があったなんて思わなかったよ。驚いたけど、俺としては嬉しい驚きだ。プレイに付き合ってくれて、こんなに感じてるんだもの、最高だよ」

大股開きの格好に縛られて、まるで失禁したかのような状態になっている恥ずかしい部分を手でなぶられながら、興奮し感動した夫にそんなことをいわれたこともあった。

夫を失ってからの杏子は、精神的にも肉体的にも苦しめられた。とりわけ濃密な性生活を送ってきたぶん、ときがたつにつれて肉体的な苦悩は辛いものになった。

女ざかりの軀はいやでも夫との情熱的な行為を思い出して、ときとして泣きだしそうになるほど燃えうずいた。

そのため我慢できず、それまで思春期でさえ数えるほどしか経験のなかったオナニーをするようになった。

だがそのうち持ち前の淑やかな性格が顔を出してきて自己嫌悪に陥り、これではいけないと思うようになった。そして、生き方も生活も変えようと決意して、以前からいつかしてみたいと思っていたカフェをやることにしたのだった。

当初はうまくいくかどうか不安だったが、幸い軌道に乗り、そこそこ繁盛するまでになった。

カフェをはじめてからいままで、たまに誘惑にかられることはあるものの、杏子は一度もオナニーをしていなかった。

そういうときは極力セックス以外のことに頭を向けて、誘惑をかわしていた。

それができるのも、杏子自身の意思の強さによるところが大だった。

ところが今夜はそうはいかなかった。

杏子は洗い場に立ったまま足を半歩ほど開くと、勢いよくお湯を飛散させているシャワーのノズルを股間に向けた。

「アァッ――!」

鋭い快感に軀がふるえると同時に、昂った声が浴室に響いた。

3

拓也は自宅の自分の部屋で〝宝物〟を手に考えていた。

――もう大丈夫じゃないか。

自分に言い聞かせるようにそうは思うものの、拓也にとっては不可解なところがあって、まだ不安は拭いきれなかった。

――おばさん、パンティがなくなっていることに気づかなかったんだろうか。それとも、気づいたけど、洗濯物入れに入れたと思ったのは自分の勘違いだったと思ったんだろうか。どっちにしても、それなら問題はない。

でも入れたはずなのになくなってるのはおかしいと思ったとしたら、ヤバイ。だれかに盗まれたのではないかと疑うはずで、そのときは状況からして、真っ先に疑われるのは俺だからだ。

ただ、もしそうだとしたら、俺になにかいってくるんじゃないか。それともどういおうか考えているんだろうか……。

あれから三日経っても、杏子はなにもいってこない。なぜそうなのか、それがわからないのが、拓也にとっては不安なのだった。

そのためこの三日間、杏子がなにかいってくるんじゃないかとヒヤヒヤして、携帯が鳴るたびにドキッとしていた。

翌日の昼前だった。携帯が鳴って、拓也はドキッとした。杏子から着信があったのだ。

「はい、山野水道設備です」

ヒヤヒヤしながら電話に出ると、

「先日はありがとう。こんどはキッチンのお水の出がおかしいの。わるいけど、拓也くん、ちょっと見てもらえないかしら」

杏子はいつにかわらない明るい口調でいった。

「わかりました。午後イチでいきます」

拓也は即答して電話を切った。

いくらかホッとしていた。杏子の声を聞いたかぎり、疑われているようすはなかった。ただ、完全に安心はできなかった。というのもふと、杏子の電話が妙にタイムリーな感じがしたからだった。

それでもまた杏子の家に入れると思うと、拓也の胸はときめいていた。

午前中の仕事をすませ、コンビニの駐車場に車を停めて弁当を食べると杏子の家に向かった。なにごともなければ杏子のカフェで昼食を摂る手もあったが、いまの拓也にはうしろめたい気持ちがあってそれはできなかった。

そろそろ午後一時になる時間だったが、カフェに入っていくと店内は客で賑わっていた。

拓也にはそれが幸いした。忙しそうな杏子と「おねがいね」「わかりました」と言葉を交わしただけで勝手口の鍵を受け取って母屋に向かうことができた。

勝手口を開けて中に入ると、ムッと熱気がこもっていた。それも甘みのまじった熱気で、拓也の胸をときめかせた。

勝手知ったる家なので、まっすぐキッチンにいくと、混合栓のレバーを操作してみた。

『ん？』

拓也は首をひねった。まったく支障なく水が出ているのだ。

——おばさんが操作しているとき、たまたまトラブッただけかも……。

そう思って念のため、いろいろ操作したりあちこち点検したりして、作業を終えると、拓也は胸の高鳴りを抑えながら、サニタリーコーナーに向かった。

ときめきと興奮につつまれて、洗濯物入れの蓋を開けると、衣類やタオルが入っていた。

それらが発する杏子の匂いを嗅ぎながら、拓也は洗濯物を分けて、目的のものを探した。だが目的のものはなかった。

がっかりした。キッチンにもどり、工具をしまって立ち上がったとき、カウンター越しのリビングにつづく部屋のドアが半分開いているのが眼に入った。そこからベッドらしきものが見えた。

拓也の胸はいやでも高鳴った。ドアの間から見えているのは、杏子の部屋、というより寝室にちがいなかった。

この家は二階建てで、二階に夫婦の寝室や美穂の部屋があったが、ひとり暮らしになってから一階で生活していると杏子はいっていた。そのほうがなにかと便利だからということだった。

拓也はキッチンを出た。リビングを通り、ドアが半分開いている部屋の前までいくと、振り返って周りを見まわした。やましさからだった。

ドキドキしながら、部屋に入った。まるで盗みに入っているような気持ちだった。思ったとおり、そこは杏子の寝室だった。ベッドに夏らしいきれいなブルーのカバーがかかっていた。

ベッドは部屋の真ん中にあり、その片側に洋服ダンスと整理ダンスとチェストが並び、反対側にドレッサーとPC用のデスクがあった。そして正面が窓になっていて、ここにもベッドカバーと同じ色のカーテンがかかっていた。

興味津々、部屋の中を見まわしていた拓也は、カバーをめくってベッドに潜り込みたい衝動にかられた。

だがかろうじてこらえた。そんなことをしていたら、杏子に気づかれるかもしれないと思ったからだ。

そのとき、妙なものが拓也の眼に止まった。チェストの一番下の引き出しから、赤い布きれのようなものが覗いていた。というか十センチほど、それが垂れ下がっていた。

なんだろうと思いながら、拓也はその前にひざまずき、引き出しを開けてみた。

思わず、「オッ！」と驚きの声をあげた。

目の前に宝の山があったのだ。杏子の下着が、それもカラフルなものがぎっしり詰まっていた。

その眺めはまるで花畑のようだった。

拓也にとってはきれいというだけではなかった。それ以上に心臓がバクバクするほど刺戟的で、興奮を抑えようもない眺めだった。

事実、息苦しいほど胸が高鳴って、口を開けていなければ息ができなかった。

拓也は吸い寄せられるように〝花畑〟に屈み込み、そこに顔を埋めた。

そのまま息を吸い込むと、フルーティなフレグランスのような香りが胸いっぱいにひろがり、天にも昇る心地と興奮があいまって、めまいがしそうだった。

それだけではない。ペニスはとっくにいきり勃って、作業ズボンの前を突き上げていた。

だがいつまでもそうしているわけにはいかなかった。混合栓に問題はないという報告をするのに、不自然に時間がかかっていると、杏子に怪しまれる。

それに驚くほど整然としている〝花畑〟を下手にいじることもできない。そんなことをすれば、杏子の不審を買うのがオチだ。

拓也は顔を上げた。手には赤いパンティを握りしめていた。

それを初めてひろげてみた。思わず眼を見張った。

『すげえ！　Ｔバックだ』

胸の中で驚きの声をあげると同時に怒張がヒクついた。

――おばさん、こんなの穿いてんのか。

きれいで淑やかな杏子が、赤いＴバックショーツのような煽情的な下着をつけていることが信じられなかった。

拓也は興奮して思った。

――ということはもっと、この中に刺戟的な下着があるってことじゃないか。

とはいえ、さっきも思ったとおり、調べてみることはできない。それにそんな暇もなかった。

――でも一枚ぐらいなら、わからないだろう。

拓也はそう思って赤いTバックショーツをポケットにしまった。そして、心残りを押しやるように引き出しを閉めた。

4

カフェに鍵を返しにいくと、杏子は先日同様、拓也のことを疑っているようすはまったくなかった。

拓也はホッとして帰ってきた。

この日は一日中、拓也は興奮という熱に浮かされたような状態だった。仕事をしていても、ポケットの中の〝宝物〟が気になってしようがなかった。

帰宅して手早くシャワーを浴び、急いで夕食をかき込むと、そそくさと自分の部屋に引き揚げた。

拓也はポケットから〝宝物〟を取り出した。

ベッドに横になると、赤いTバックショーツをひろげて見た。

そのときふと、夕食をかき込んでいた拓也に「なにをそんなにガツガツしてるの。出かけるの？」といった母のことが頭に浮かんだ。

母は四十九歳で、杏子は四十五歳。その母と赤いTバックショーツは、到底想像できない。息子から見てのことではない。客観的に見ても、母と杏子はタイプがまったくちがっていた。

母は美人とはいえなかったし、ふだんからほとんど化粧ッけもなく、〝水道工事屋のオカミサン〟として事務仕事だけでなく会社を切り盛りしている。

それに対して杏子のほうは、カフェをやればその魅力で客がつくような淑やかな美人だ。

拓也はちょっぴり複雑な気持ちになっていた。母と杏子の年齢を思ったとき、自分が好きになっている相手が母とそう歳がちがわないことに、いまさらながら気づいたからだった。

だがそれだけのことで、杏子に対する気持ちがいくらかでも変わるとか、年齢が気になるとか、そんなことはまったくなかった。

いまの拓也にとって杏子は、女としての魅力をすべて持っている、唯一無二の存在だった。

ただ、どうしても解せないのは、そんな杏子が赤いTバックショーツのようなきわどい下着を持っていたことだ。持っていただけでなく、当然着けていたわけで、それが信じられないのだった。

それでいて、杏子がこのTバックショーツを着けているところを想像しただけで、欲棒が熱く充血してきた。

いまもそうだった。そればかりか、もう強張ってきていた。

ショーツの逆三角形の布は、やっと恥ずかしい部分を隠せる程度だ。そこから股間につづく紐は肛門はもちろん、状態によっては割れ目の一部にも食い込んでいるはず……。

そう想うとますます興奮して、拓也はショーツを鼻と口に当てた。昼間、下着が詰まった引き出しを開けたときと同じ、フルーティなフレグランスのような匂いがした。

先日持ち帰ったベージュのパンティは、洗濯前で股の部分に木の葉状のシミがわずかに付着していて、甘さと汗に似た酸っぱさがミックスしたような匂いがしたけれど、このTバックショーツにはそんな生々しさはなかった。

それでも興奮をかきたてられたのは、刺戟的なTバックのせいだった。

拓也はズボンを脱いだ。ついで前が突き出しているボクサーブリーフも取った。同時に怒張が弾んで露出した。

――俺って、やっぱヘンタイじゃないか。

また、自嘲ぎみに思ったが、やめることはできなかった。ベージュのパンティでもしたように、Tバックショーツを穿いてみたのだ。

勃起している肉棒の一部に逆三角形の布がかろうじてのっかっているようなその状態は、異様な眺めだった。

洗濯前のベージュのパンティを穿いてみたときは、杏子の軀の温もりのようなものや生々しい匂いが感じられたこともあって、肉棒が杏子の恥ずかしい部分に密着しているような錯覚に襲われて射精しそうになった拓也だった。

このTバックショーツでは、そこまでの興奮はなかったが淫猥な気持ちをかきたてられた。

拓也は枕の下に手を差し入れた。そこにベージュのパンティを隠していた。滑らかな手触りだけでゾクゾクするそれを取り出すと、顔の前でひろげた。

股布の部分にある、糊が乾いたような木の葉状のシミあと……。

そこに鼻と口をつけて、息を吸い込んだ。

甘ったるさと多少薄れた酸っぱさが混じった匂いが胸にひろがって、逆三角形の布が抑えている肉棒がヒクつく。

倒錯した興奮に酔っているそのとき、携帯電話の着信音が鳴りだした。

――クソッ、なんだよ。

拓也は胸の中で毒づいて携帯を手にした。

ドキッとした。杏子からだった。

一瞬出るのをためらった拓也だが、なぜ杏子が電話をかけてきたのか気になって出た。

「はい、拓也です」

「ああ拓也くん、今日はごめんなさい。忙しいのに手間をとらせてしまって。お詫びに拓也くんさえよかったら、明日の夜、うちで食事したいと思ったんだけど、どうかしら」

思いがけない食事の誘いに拓也は面食らい、戸惑った。

「え？　あ、それは……」

「都合わるい？」

「いえ。そういうわけじゃ……でも、いいんですか」

「全然。というか遠慮しないで。拓也くん、お酒が飲めるっていってたし、だったら初めて一緒に飲むのもいいかなって思ったの。いまもわたし飲んでるんだけど、ひとりで飲むって味気ないし、拓也くんが付き合ってくれたらうれしいわ」

杏子の口調はいつもとちがって妙に艶かしさがある。

「どう、付き合ってくれる？」

「はい。じゃあお邪魔します」

拓也は胸の高鳴りをおぼえながらそう応えた。


杏子は拓也に来宅の時刻とアルコールが入るので車ではこないように伝えると、一方の手に持っているブランデーグラスをナイトテーブルの上に置いて電話を切った。

夫を亡くしてから毎晩というわけではないが、ときおりナイトキャップにブランデーを飲むようになっていた。

今夜はアルコールが必要だった。

拓也に電話をかける前、かけようかやめておこうか、杏子は逡巡した。

さらにいえばこの日、拓也を呼び寄せるためにキッチンの水栓の故障というウソをついて、その際、寝室のチェストの引き出しから赤いTバックショーツを覗かせておくことを思いついたときも、それを実行するかどうか躊躇《ためら》い、迷った。

すべてのはじまりは、洗濯物入れの中からショーツがなくなっていたことだった。

だれかに盗まれたとしか思えなかった。しかもそのだれかは拓也しか考えられなかった。

そこで杏子は、罠をしかけてみることを思いついたのだ。

だがそんなことをして一体どうしようというのか、杏子自身、自分の気持ちがよくわからなかった。

だから逡巡し迷ったのだが、拓也がショーツを盗んだことが許せないという気持ちはあった。一方、あの年頃で、もし童貞だとしたら、女に対する興味を抑えきれなかったのではないかという気持ちもあった。

結果、そんな気持ちが一緒になって、拓也をこらしめてやりたい、そしてどうしてそんなことをしたのか白状させたいという思いが生まれてきたのだ。

ただ、そう思っただけで、それでどうしようという、はっきりした考えがあったわけではなかった。

それでいて、拓也に電話をかけるのを迷いながらも、杏子は得体の知れない胸の高鳴りをおぼえていた。

そして、明日の夜の約束を取りつけて電話を切ったいま、杏子自身戸惑うような興奮につつまれていた。

5

会社の敷地内にある拓也の自宅から杏子の家までは、距離にして一キロあまりだった。

その夜、拓也は杏子にいわれたとおり、歩いて杏子の家に向かった。

指定された時間は、七時だった。

拓也は胸が高鳴っていた。それもときめきから生まれるような単純なものではなかった。

杏子とふたりきりで会えるというときめきはあった。だがそれだけではなかった。

加えて不安や怯えや緊張などが入り混じっての胸の高鳴りだった。

昨日の夜、杏子からの電話を切ったあと、拓也はふと思ったのだ。

——もしかしておばさんは、俺がパンティを盗んだと思っているのかもしれない。

それで俺を呼びつけて、とっちめてやろうと考えているのかも……。

そう思ったとき、昼間の修理依頼でのやりとりが頭に浮かんできて、ハッとした。

——キッチンの混合栓は故障でもなんでもなかった。鍵を返しにカフェにいってそういうと、おばさんは「あらそう。わたしが変に使っちゃったからかしら。ごめんなさい。忙しいのにきてもらって」と申し訳なさそうに謝った。

でもあれがウソだったとしたら、寝室とドアが開いていたのも、チェストの引き出しから赤いTバックショーツの一部が覗いていたのも、おばさんがわざとそうしていた可能性がある。そしてそれは、俺をはめるための罠だったことになる……。

ただ、そう決めつける確かな証拠はなかった。

だが拓也の胸の中には疑惑がひろがった。そして、疑惑によって不安と怯えがさらに強まってきたのだ。

そのため拓也は、なにか言い訳を考えて杏子の誘いを断ろうと思った。だが思っただけだった。

疑惑による不安や怯えよりも、拓也にとっては杏子とふたりきりで会える楽しみのほうがはるかに大きかった。

カフェの前に着いたとき、時刻は七時五分ほど前だった。夏のこの時間帯はまだ明るみは残っていたが営業時間は午前八時から午後四時なので、当然のことにカフェの明りは消えていた。

拓也はさりげなさを装って周囲を見まわした。ひとり暮らしの杏子のこと考えて、とっさに人目に触れないほうがいいと思ったからだった。

カフェと海を隔てている道路は、比較的交通量が多い。通行する車が途切れるのを待って、拓也はカフェの脇から杏子の家の敷地に入った。

植え込みの間を進むと、明りに照らされた玄関があった。拓也がこの家に入るのはいつも家の横手にある勝手口で、玄関は初めてだった。

昼間の熱気がこもっている空気を、ドキドキしている胸に吸い込んで気持ちを落ち着かせて、インターフォンを押した。

「はい」という杏子の声が返ってきた。

「拓也です」

「開いているわよ。どうぞ」

拓也は扉を開けて中に入った。

玄関の中は広々としていて、上がりがまちに杏子が立っていた。白い半袖のサマーセーターに白地に黒い格子縞が入ったタイトスカートを穿いた格好だった。

「いらっしゃい。上がって」

拓也に笑いかけていうと、屈んでスリッパをそろえた。

「お邪魔します」

拓也はスニーカーを脱いでスリッパをつっかけた。ふつうにいったつもりだったが、自分でもわかるほど緊張が声に出ていた。

杏子のあとについて家の中に入っていると、拓也の眼はひとりでにタイトスカート越しに見て取れるむちっとしたヒップに奪われていた。

通されたのは、昨日拓也もきた、ＬＤＫがひとつづきになった中のダイニングスペースだった。

テーブルの上には鶏肉の唐揚げや白身魚のカルパッチョや野菜サラダなど、杏子の手作りとおぼしき料理が並び、ふたり分のナイフとフォークがセットされていた。そして、ワインがワインクーラーに差し込んであり、グラスが二つ置いてあった。

杏子は拓也を椅子に座らせると、自分はテーブルを挟んで反対の椅子に腰かけながら、

「お詫びに食事にきてっていわれて、拓也くん、どんなご馳走が出るのか期待してきたんじゃないかと思うけど、こんなものしかないのよ。がっかりさせちゃったとしたら、ごめんなさい」

微苦笑を浮かべていった。

「そんなァ、がっかりなんかしませんよ。すごいご馳走じゃないですか」

拓也は思わず気負っていった。正直な感想だった。

「そういってもらえると、うれしいわ。じゃあ遠慮なく召し上がって。あ、その前に乾杯しましょう。拓也くん、ワインは？」

「ワインはあまり飲んだことないけど、でも大丈夫です。いけます」

「いつもなにを飲んでるの？」

「あまり高い酒は飲めないんで、大体ビールとか酎ハイとかです」

「お酒、強いの？」

「そこそこ飲めると思うんですけど、まだ飲むようになったばかりなんで、よくわかんないんです。おばさんは強いんですか」

「わたし？　わたしもそこそこよ」

杏子は色っぽく笑っていうと、

「じゃあまず乾杯して、酔っぱらわない程度に飲みましょう」

前もって開けておいたらしいワインの栓を抜くと、二つのグラスに琥珀色の液体を注いだ。

杏子がグラスを持ち上げた。それに合わせて拓也もグラスを上げ、「乾杯」とふたりは声と一緒にグラスを合わせた。

……料理を食べ、ワインを飲みながら、杏子は拓也と差し障りのない話をしていた。ほとんどが拓也の仕事に関する話で、杏子が訊くまま拓也は、自分が父親の会社を継いで、将来的にはもっと大きくしたいなどと、夢を語ったりした。

それも拓也の口がいくらか滑らかになってきてからで、グラスを三回ほど開けてからのことだった。

当初拓也は、杏子の眼にも手に取るようにわかるほど緊張しているようすだった。

それを見て杏子は、ほぼ確信していたことが、百パーセントまちがいないと思ったが、一応訊いてみた。

「ところで拓也くん、こんなことをわたしが訊くのも変だけど、美穂とはどこまでの関係だったの？」

「え!?　……べつに特別な関係じゃなかったです」

拓也は困惑したようすで答えた。

「じゃあいまカノジョは？　だれかいい人いるの？」

「そんなのいません」

拓也は妙に強く否定した。

「どうして？　というか、カノジョほしいんじゃない？」

「……そうですけど、でも……」

ちょっと考えてからいって、拓也は口ごもった。

「でもなに？」

「それはちょっと……」

なぜかドギマギしたようすで、妙に歯切れがわるい。

「あ、わかったわ。ひょっとして拓也くん、片思いの人がいるんじゃない？」

杏子が顔を覗き込むようにして訊くと、

「そんな……」

拓也はひどくうろたえていって、あとがつづかない。

図星かもしれないと思いながら、杏子はさらに突っ込んで訊いた。

「拓也くんて、女性の経験は？」

「え!?　そんなこと……」

戸惑って顔を赤くしている。ワインの酔いのせいではなかった。

「恥ずかしがることはないわ。まだなのね？」

拓也はうつむくと、仕方なさそうに小さくうなずいた。

「でも、女性の軀とかセックスとかには興味があるんでしょ？」

「おばさん！」

いうなり拓也は顔を上げて杏子を見た。杏子がそんなことを訊くのが信じられないというような、驚きと狼狽が入り混じったような表情をしている。そして、すぐまたうつむいた。

「わたしには正直にいって。いいでしょ。女の軀やセックスに興味があるの？」

杏子は努めて平静を装い、平坦な口調でいった。

拓也は、また小さくうなずいた。

「そう。だからわたしの下着を盗んだのね」

トドメを刺すように、杏子はいった。

その瞬間、うつむいている拓也の両肩がわずかにふるえた。

「盗んだこと、認めるわね？」

「すみません。俺、おばさんのことが、ずっと好きだったから……」

拓也はうつむいたまま、感情の昂りが抑えられないかのように声をふるわせていった。

唐突に好きだ、それも「ずっと」といわれて、杏子は当惑した。そんな言葉が返ってくるとは、思ってもみなかった。自分と拓也の歳を考えれば、というより考えるまでもなく、あり得ないことだった。

しばし、食卓に重苦しい沈黙が流れた。

その間に杏子の当惑は動揺に変わっていた。しかもうろたえるような類の動揺だった。

杏子はグラスに半分ほど残っているワインを飲み干した。そして、立ち上がると、

「きて」

思いのほか強い口調になった。気持ちの昂りがそのまま出たせいだった。

うなだれていた拓也が弾かれたように顔を上げた。杏子の意図を探るような、怪訝《けげん》な表情をしている。

そんな拓也を尻目に、杏子は寝室にむかった。拓也がついてきているのがわかった。

寝室に入ってベッドに腰かけると、杏子は戸口に立ってどうしていいかわからないような顔をしている拓也にいった。

「入ってドアを閉めて」

拓也はいわれたとおりにした。

「こっちにきて、そこに立って」

拓也はおずおず杏子の前にきた。緊張しきったような顔をしている。

6

「わたしの下着を盗んで、拓也くんどうしたの？」

杏子が訊いてきた。

拓也は困惑した。下着を盗んだことを認めたからといって、それをどうしたかなんて本当のことはいえない。いったら杏子から変態に思われることはまちがいない。

「いえないの？」

杏子が苛立ったように訊く。

気圧《けお》されながらも、拓也が押し黙っていると、

「下着を盗まれたわたしには訊く権利があるし、盗んだ拓也くんには本当のことをいわなければいけない責任があるはずよ。そうでしょ。ちゃんといいなさい」

杏子は有無をいわせない口調と理屈で迫ってくる。

「あの、ひろげて見たり、匂いを嗅いだりしました」

仕方なく、拓也はいった。さすがに穿いてみたとはいえなかった。

「いやァね、そんないやらしいことをするなんて」

杏子はおぞましそうにいった。

「すみません」

あわてて拓也は謝った。さっきから杏子の顔をまともに見ることができず、うつむいているため、杏子がどんな表情をしているかわからない。それでも嫌悪されているだろうと思うと、絶望的な気持ちになった。

「で、わたしの下着を見たり匂いを嗅いだりして、どうだったの？」

杏子が訊く。

「どうって……？」

拓也はおずおず訊き返した。

「どんな感じがしたかってこと」

「……興奮、しました」

「どうして？」

「おばさんの下着だし、匂いだから」

もう杏子のことが好きだと告白したこともあって、拓也は正直にいった。

「男性は興奮したら軀に変化が現れるけど、拓也くんはどうだったの？」

「え？　それは……俺も、勃《た》ちました」

恥ずかしさをこらえて、拓也は答えた。認めざるをえなかった。

「でもそうなったら、それだけじゃすまないんじゃないの？　どうしたの？」

なおも杏子が訊く。

──もうこうなったら、隠してもしようがない。

拓也はそう思って開き直った気持ちになった。

「マス、かきました」

「わたしの下着を見たり匂いを嗅いだりしながら？」

「はい」

「拓也くんて、ホントいやらしい子ね」

うわずったような声につられて、拓也は杏子の顔を見た。怒っているように見える。だがすぐ、ちょっとちがうと思った。強張っている感じが、どこか興奮しているようにも見えたのだ。

「拓也くん、裸になって見せて」

突然、杏子が思いがけないことをいった。

拓也は唖然とした。

「あなたはわたしに対して、とても恥ずかしいことをしたのよ。それは認めるでしょ？」

杏子は落ち着いた口調でいった。

「はい」

拓也はうつむいて答えた。

「だったら、あなたにも恥ずかしい思いをしてもらって当然だと思うけど、ちがうかしら」

杏子はそういいながら、思わせぶりにきれいな脚を組み直した。

タイトスカートがずれ上がって、肌色のストッキングにつつまれた美脚の太腿あたりまで見えて、拓也はドキッとした。

「どう？　答えを聞かせて」

「そう、思います」

拓也は杏子の太腿に眼を奪われたままいった。声がうわずった。

「じゃあ、わたしの前で裸になって見せて」

「え⁉　そんな……」

拓也はうろたえて杏子を見た。杏子は平然としていた。

「わたしに対して失礼な、いやらしくて恥ずかしいことをしたっていうのに、できないっていうの？」

拓也は窮地に追い込まれた。ますますもって開き直るしかなかった。

「なります」

いうなりTシャツをめくり上げ、脱ぎ捨てた。ついでベルトを弛め、ジーンズを脱いだ。が、濃紺のボクサートランクスだけになると、さすがに躊躇いが生まれた。

「みんな脱いで」

杏子が命じるようにいった。拓也は半ばヤケクソになってトランクスを脱ぎ、両手で下腹部を隠した。

「手をどけて」

「恥ずかしいですよ。勘弁してください」

うつむいて顔をそむけるようにしたまま、拓也は悲壮な声で懇願した。杏子の顔を見ることはできなかった。

「当然でしょ、恥ずかしいことをしてるんだから。わたしに謝罪しようって気持ちがあるんだったら、さ、手をどけなさい」

拓也は覚悟を決め、両手を下腹部から離した。

見ていなくても、杏子の視線が股間に注がれているのがわかる。恥ずかしい。幼少期を除いて女にペニスを見られるのは初めてだった。

杏子は押し黙っている。そのぶんペニスを凝視している感じが拓也に伝わってくる。

拓也はうろたえた。あろうことか、杏子の視線を感じているうちに勃起してきたのだ。

「あら、どうしたの？　硬くなってきてるわよ」

『もういいでしょ』といおうとした矢先、杏子が驚いたような声でいった。

拓也はあわてて強張りを両手で隠した。

「わたしに見られているだけでエレクトしてきちゃうなんて、拓也くんてやっぱりいやらしいわね」

なんとなく弾んでいるような感じの声でいって、杏子が拓也のそばにやってきた。

拓也の肩に腕をまわすと、

「いやらしいっていうより、拓也くん童貞ってことだから、過敏なのかしら」

耳元で囁くようにいいながら、手で拓也の胸をなぞる。

「アッ──！」

躯がヒクつくと同時に拓也は喘いだ。杏子の指先で乳首をくすぐるように撫でられて、ゾクッとする快感に襲われたのだ。

杏子はなおも指先で乳首を撫でまわす。

「おばさん、やめてください」

拓也は身じろいでいった。声がうわずった。

「感じちゃう?」

杏子がおかしそうに訊く。拓也はうなずいた。すると、杏子は手を拓也の下腹部に
這わせてきて、

「ここはどう? もっと感じるんじゃない?」

といって強張りを隠している拓也の手の下に手を差し入れる。

「そんな——!」

拓也はあわてて杏子の手を制しようとしたが遅かった。強張りに杏子の手が触れて
いた。杏子の手を感じたとたんに欲棒が熱くたぎった。

「すごいわ。ね、拓也くんの手をどけて、ちゃんと見せて」

欲棒に指をからめてきながら、杏子が息苦しそうに囁く。

拓也はドキドキして抗しきれず、手をどけた。

「ああ、もうこんなになっちゃって……」

うわずった声でいいながら、杏子が手で怒張をかるくしごく。

「だめッ、だめだよ」

拓也は怯えて腰を引いた。

「わたしの下着を見たり匂いを嗅いだりしながらオナニーしたのよね?」

訊かれるまま、拓也がうなずくと、

「じゃあ答えて。わたしの前で拓也くんが自分の手でして見せてくれるか、それともわたしの手でされるほうがいいか、どっち?」

杏子は思いがけない二者択一を迫ってきた。

「そんな……」

拓也は当惑して口ごもった。

「いや?」

拓也はうなずいて、

「だって、恥ずかしいですよ」

「それをいうなら、拓也くんもう恥ずかしい状態になってるじゃないの。さ、どっちがいいか答えなさい」

杏子は勃起しているペニスを指差していうと、返答を迫った。

恥ずかしいという点では、杏子に見られながら自分でするほうが恥ずかしい。

それにどうせなら、杏子にしてもらったほうがいい。

そう考えた拓也は、思いきっていった。

「おばさんにしてもらうほうが、いいです」

「わかったわ。ちょっと待って」

杏子はベッドの枕元にいくと、ナイトテーブルの下から箱状のものを取り出してきた。花柄のカバーに包まれたティッシュペーパーの箱だった。

「じゃあ我慢できなくなったら、そういって出して」

杏子は突っ立っている拓也の前にひざまずいてそういうと、右手を怒張にからめてきた。そして、どう見ても興奮しているとしか思えない、強張っているのに艶《なまめ》かしい感じの表情で怒張を凝視したまま、ゆっくり手を使いはじめた。

拓也はすぐにゾクゾクする快感をかきたてられて喘ぎそうになり、ふるえそうになった。

自分でするのと杏子の優しい手でされるのとでは、当然のことに刺戟がまったくちがっていた。必死になって快感をこらえていたが、たちまち我慢できなくなってきた。

「ああッ、もう無理……」

喘ぎ声でいうと、杏子が一方の手でパッ、パッと素早くティッシュを抜き取って、いきり勃っているペニスの前にかざした。

「出しちゃっていいわよ」

杏子の声が引き金になった。めくるめく快感に襲われて躯がわななく。

「ああ出る！」

呻《うめ》くようにいうなり、拓也は発射した。ビュッ、ビュッと勢いよく、快感液をたてつづけに——。

7

——えもいわれぬ沈黙が流れていた。

射精したあと、杏子に抱えられてベッドに腰かけた拓也は、悪戯をして叱りつけられた子供のように両手で股間を押さえてうなだれている。

杏子はその横に並んで座り、ここまでの自分の気持ちを検証するかのように思い返していた。

事の発端は、杏子の下着がなくなって、拓也が盗んだのにちがいないと思ったことだった。そこで、杏子は罠を仕掛けた。はっきりした証拠をつかんで拓也をこらしめてやるつもりだった。

果たして拓也はまんまと罠にかかった。杏子は拓也を自宅に呼び、下着を盗んだことを認めさせた。さらに拓也を挑発して盗んだ下着を刺戟材にしてオナニーしていたことを白状させ、杏子の前でもそうして見せるよう求めた。その前に童貞であることを明かした拓也は、杏子の挑発でもう勃起してきていた。

だがさすがに拓也はオナニーをするのを恥ずかしがって渋った。

そこで杏子は二者択一を迫った。拓也が自分でするのと杏子にしてもらうのと、どっちがいいか。

拓也は杏子にしてもらうほうを選んだ。そして、杏子の手で射精した。

ここまでは、杏子としては想定したとおりだった。

ところが思いがけないことが起きて、杏子は動揺していた。

それというのも、拓也の勃起したペニスを手でしごいているうちに躯が熱くなり、秘奥がうずきはじめ、しかもたまらないほどになって、拓也が射精した瞬間、杏子もかるく達してしまったのだ。

どうしてそんなことになったのか、そのときはうろたえたがいまはもうわかっていた。

女ざかりの躯は、杏子が想う以上に欲求不満をかこっていたからにちがいなかった。それにここまでの自分の気持ちを振り返っているうちに、杏子にはもう一つ、動揺することがあった。

拓也を呼びつけたのは、彼をこらしめてやるためだったが、それは自分にそう言い聞かせていただけで、本当は最初からほかに目的があるのをごまかしていたのだ――ということを認めざるをえなくなったからだった。

下着を盗まれたことによって拓也のオナニーシーンや若い男性器を想像するうち、杏子の気持ちの中には拓也とのセックスへの妄想が生まれてきていたのだ。

ところが杏子自身、そんなはしたないことを認めることはできなかった。淫らな妄想にとらわれたことに、激しい自己嫌悪さえおぼえた。

そしてほとんど本能的に妄想を抑え込み、自分の気持ちをごまかしていたのだが、拓也が射精すると同時にかるく達してしまった瞬間から、杏子の虚勢はもろくも崩れ去ってしまったのだった。

杏子は立ち上がると、拓也の前に立った。自分がなにをしようとしているのか、もちろんわかっていて、息苦しいほど胸が高鳴っていた。

「拓也くん、手をどけて」

「え？……」

杏子につられたように顔を上げた拓也は戸惑っている。が、杏子の手で射精している せいか、それまでとちがって多少余裕のようなものが感じられる。

「見せて」

杏子がいうと、拓也は素直に股間から両手を離した。

思わず杏子は眼を見張った。さきほど勢いよく精を発射したというのに、ペニスは勃起したままなのだ。

「すごいわ、硬いままなんて」

ひとりでに杏子は声がうわずった。

「拓也くん、女性を経験してみたい？」

「それはまあ……」

「初めての相手が、わたしみたいなおばさんじゃいや？」

「え!?　そんなことないです！」

拓也は驚いた表情で気負っていった。

「わたしでもいいの？」

こんどは信じられないというような表情で、おかしいほど強くうなずく。

「そう。じゃあさせてあげるわ」

杏子はいった。娘の同級生の、童貞の子に向かってそんなことをいっている自分がとてもいやらしくて、信じられない。それでいて、異様なほど興奮していた。

拓也に見せつけるように、杏子は半袖のサマーセーターを脱いだ。セーターと一緒に持ち上がったセミロングのストレートヘアがふわりと落ちて、上半身、薄いピンク色のブラだけになった。

うつむきかげんのまま拓也を見ると、興奮が貼りついたような強張った表情をして、ブラカップからふくらみがわずかに覗いている杏子の胸のあたりを食い入るように見ている。

ついで杏子はタイトスカートのフックを外し、ファスナーを下ろすと、思わせぶりに腰を色っぽくくねらせてスカートを下げていく。

拓也の熱い視線を感じながらそうしていると、軀がふるえそうになるほど感じてしまった。

下着姿になったそのとき、ゾクッとして、杏子は思わず喘いだ。拓也のペニスがいきり勃って生々しくヒクついているのが眼に入ったからだ。

興奮と欲情がアルコールの酔いのように全身にまわってくるのがわかった。

杏子はブラを外した。あらわになった乳房が平素より張って乳首がしこっている感じだった。

ついでパンストを脱ぎ、ブラとペアの薄いピンク色のショーツだけになると、下腹部や内腿に拓也の視線が突き刺さってくるのを感じて秘奥が熱くざわめき、内腿がむずむずした。そのため、ひとりでに腰がくねり、腿をすり合わせながらショーツを脱ぎ下ろしていった。

全裸になって拓也を見ると、興奮がピークに達しているらしく、表情が固まってしまっていた。

興奮がピークに達しているのは表情だけではなかった。まるで鉄か石のように硬くなって勃起しているペニスが、拓也の息苦しさを表しているかのように脈動しているのだ。

それが杏子の欲情に火をつけた。

しかも拓也のペニスは、すでにさきほど手で射精させたときわかっていたが、標準を優に上回るサイズなのだ。勃起するまでは仮性包茎ぎみながら、いきり勃っているいまはピンク色の亀頭が完全に露出していて、見ているだけで杏子は息苦しくなって前戯の必要はなかった。というより、杏子の秘芯はたまらなくうずいて蜜があふれていて、一刻も早くそこを硬い肉棒で貫かれてかきまわされたい状態にあった。

「拓也くんの、またビンビンになっちゃってるけど、どうして？」

杏子は裸身を隠さず、色っぽく軀をくねらせて訊いた。

「それは、おばさんの裸見たから……」

拓也は杏子の裸身に眼を奪われたまま、うわずった声でいった。

「わたしの裸見て、興奮してくれたの？」

杏子は拓也のすぐそばに立った。

拓也が興奮と緊張が入り混じったような表情でうなずく。

「うれしいわ。ね、わたしの好きにしていい？」

またうなずく。

杏子はベッドに腰かけている拓也の膝をまたいだ。拓也の肩に手をかけて腰を落としぎみにすると、巨根といっていい怒張を一方の手に持ち、亀頭をクレバスにこすりつける。

「アアッ……」

ヌルヌルした感覚と一緒にクリトリスと秘口がくすぐられて甘いうずきがわきあがり、声になった。

「拓也くん、入れるね？」

「うん」

拓也の緊張した声。ヌルッと、秘口に亀頭が入った。

杏子はゆっくり腰を落としていった。泣きたいほどうずいている秘芯にヌルーッと肉棒が滑り込んできて、軀がふるえる。そして奥を突き上げてきた瞬間、のけぞって、

「アアーッ、いいッ！……イクッ！」

めくるめく快感とわななきに襲われて、達してしまった。

8

「ああ、拓也くん、初めて女の中に入ってるのよ、どんな感じ？」

杏子がうわずった声で訊く。

「すごく、気持ちいい！」

拓也もうわずった声で答えた。ほかにいいようがなかった。

「わたしもよ。でも拓也くん、いちど出してるから、少しは我慢できるでしょ」

杏子がゆっくり腰を前後に動かしながら、息を弾ませていう。

「ええ」

そう答えたものの、どこまで我慢できるか、拓也は自信がなかった。というのもペニスが膣にこすられこねられる感覚は、世の中にこんなに気持ちがいいものがあるのかと思うほどの快感だったからだ。

そのとき、杏子が拓也の両手を取って乳房に導いた。

「揉んで。舐めたり吸ったりしてもいいのよ」

いわれるまま、拓也は両手で乳房を揉んだ。なにしろすべてが初めてのこと、ぎこちない手つきになった。

それでも揉み応えのある乳房の感触に興奮を煽られていると、

「あはん……ああん……うふん……」

杏子が悩ましい声を洩らす。乳房を揉まれて感じているらしく、たまらなさそうに腰を前後に振る。

拓也は乳房に顔を埋めた。ふと、ネットのアダルト動画を思い出して、乳首を舐めまわしながら、一方のふくらみを手で揉んだ。

「そう、いいわァ、上手よッ」

杏子は弾んだ声でいうと、拓也の頭を抱えた。

拓也は乳首を口に含んで吸いたてた。

「アアン、いいッ」

昂った声でいって、杏子は腰をクイクイ振る。

「アアッ、奥当たってるッ。いいッ、アアッ、イッちゃいそう！」

杏子が息せききっていうのを聞いて、これがそうなのかと拓也は興奮して思った。

アダルト動画で女がよがり泣きながら「奥当たってる」とか「奥、グリグリしてる」というのを聞いても、どういうことなのかわからなかった。ところがいま、杏子が腰を振るたびに亀頭が奥の突起のようなものにグリグリこすれるのを感じて、初めてわかったのだ。

——おばさんも、このグリグリがイキそうになるほどいいらしい。

そう思った拓也も、杏子の激しい腰遣いによって怒張が譬《たと》えようもないエロティックな粘膜でこすりたてられて、必死に快感をこらえなければならなかった。

「ねッ、拓也くん、わたしだけイッてもいい？」

杏子が切迫した声で訊く。

「いいよッ」

思わずそう答えた拓也は、現実から目を逸《そ》らそうとして天を仰いだ。

杏子が夢中になって腰を振りたてる。拓也にしがみついてくると、

「アアだめッ、イクッ。イクイクーッ！」

絶頂を告げながら軀をわななかせる……。

拓也はかろうじて射精をこらえることができた。

杏子はしがみついたまま、軀ごと息を弾ませている。

拓也は驚いた。杏子の息遣いに合わせたように、膣がジワッ、ジワッと、繰り返しペニスを締めつけてくるのだ。

そのエロティックな動きに興奮を煽られていると、杏子が両手で拓也の肩につかまってゆっくり立ち上がる。「アアッ」──ふるえ声と同時に怒張が膣の中から滑り出た。

「きて」

そういって杏子は這うようにしてベッドに上がると、仰向けに寝た。

拓也もベッドに上がった。

「こんどは、拓也くんからして」

拓也から見ても興奮しているせいだとわかる、ドキドキするほど色っぽい表情でいながら杏子は膝を立て、開いていく。

その両脚の間に、拓也はにじり寄った。

目の前に杏子の秘苑がある。いきり勃ったままの欲棒がズキッとうずいてヒクついた。

杏子のヘアは思ったより濃かった。アダルト動画でいろいろな女のヘアを見ていて、杏子の淑やかで優しげな顔からしてヘアも楚々とした感じだろうと勝手に想像していたのだが、実際は黒々としてふっさりとしていた。

だからといって失望はしなかった。それどころか顔の印象とは反対のため、より生々しく、それに淫猥に見えて、興奮を煽られた。

その黒々としたヘアの間から、濡れた唇のような赤褐色の襞が覗いている。

拓也はドキドキしながら、アダルト動画の挿入シーンを思い浮かべた。

さっき初めてのときは杏子に入れてもらったので、自分で入れるのはこれが初めてだ。どうやるかアダルト動画を見て大体知っていても、いざとなるとあまり役に立ちそうになかった。自信のなさから生まれる不安のせいだった。

拓也は緊張して怒張を手にすると、亀頭を唇のような襞の間にこすりつけた。

「ああん……」

杏子が腰をうねらせて艶かしい声を洩らす。

その腰つきと声にカッと熱くなって、拓也は押し入ろうと亀頭を突きたてた。が、入らない。焦って、二度三度突いた。

だが穴がない。拓也はあわてふためいた。

「大丈夫。あわてなくていいのよ」

杏子がやさしくいって手を伸ばし、そっと怒張に添えると、かるく下方に押さえた。瞬間、ヌルッと亀頭が秘口に入って、

「アッ――！」

杏子が声を発した。

そのまま、拓也は押し入った。

ヌルーッと、熱い蜜をたたえた膣の中に欲棒が滑り込んでいって、軀がふるえて腰のあたり鳥肌がたちそうな快感に襲われる。

「ウーン……アアいいッ！」

奥まで押し入ると、杏子は悩ましい表情を浮きたてたてのけぞり、感じ入ったような声でいった。

すぐに拓也は腰を遣った。そうする以外のことを考える余裕はなかった。

「アンッ……アアン……アアッ……」

拓也の突き引きに合わせて、杏子が泣くような喘ぎ声を洩らす。そればかりか、拓也の動きに合わせてたまらなさそうに腰をうねらせる。

――おばさんを感じさせてよがり泣きさせてる!

そう思うと拓也はますます興奮を煽られて夢中になり、激しく腰を遣った。

「アアすごいッ!……アア～いいッ、拓也くん、いいわァ」

杏子が昂った声をあげる。

「アアッ、そんなに激しくされたら、またイッちゃいそう……」

拓也が腰を叩きつけるようにして突きたてているため、そのたびに鈍い音が響いていた。

イキそうになっているのは、杏子だけではなかった。そんなに激しく腰を遣っていれば、いくらいちど射精しているとはいえ、拓也もそれを我慢できなくなってきていた。

ましてや初体験したばかりなのだ。杏子の感じた声、表情、色っぽく熟れた軀の動き、なによりペニスがとろけてしまいそうなほど気持ちのいい膣の感触、それらすべてが刺戟的だった。

「アア、おばさん、俺もう、我慢できないよッ」

拓也は訴えた。

「いいわッ、イッて。拓也くんに合わせて、わたしもイクわッ」

杏子が息せききっていう。

拓也は我慢を解き放って突きたてた。しびれるような快感が怒張に押し寄せてくる。

「アアだめッ、イクッ!」

杏子の中に突き入ると、快感を発射した。

「わたしも、アアイクッ、イッちゃう!」

杏子は苦悶の表情を浮かべてのけぞってふるえ声でいうと、ビュッ、ビュッと拓也が勢いよく快感液を発射するたびに軀をわななかせる。

拓也は杏子に覆いかぶさっていって抱きしめた。思わずそうしていた。

杏子も抱き返してきた。

「初体験、どうだった?」

耳元で息を弾ませながら、杏子が訊く。

「すごくよかった……」

拓也も息が弾んでいた。

「そう。よかったわ。これで拓也くんも一人前の男性よ」

杏子はそういって拓也の頰にキスすると、そっと拓也を押しやって起き上がった。

第二章　女ざかり

1

カフェを閉めて後片付けをしていると、携帯が鳴った。

着信の表示を見て、杏子は胸騒ぎがした。

「はい」

ひとりでに硬い声になった。

「拓也だけど、今日の夜、いってもいい？」

探るような声で訊く。

「だめよ」

杏子はぴしゃりといった。

「昨日、いったでしょ。わたしは拓也くんに初体験をさせてあげただけだって。だから関係をつづけるつもりなんてない。それがおたがいのためだし、とくに拓也にとっていいことだって」

昨日関係を持ったあと、拓也が明日もくるといいだしたときも、杏子は同じことをいってたしなめたのだ。

そのとき拓也は、杏子が「わかった？」と訊くと、黙ってうつむいているだけで返事をしなかった。いやだといわないし、そのようすからも、杏子としてはわかってくれたものと思っていた。

「どうして俺にとっていいことなの？　おばさんと逢えないなんて、全然よくないよ、絶対にいやだよ」

拓也は憤慨したような声でいうと、

「俺、おばさんのパンティ、返しにいこうと思ってんだ。だから、ね、いってもいいよね」

懇願する口調になった。

杏子はちょっと考えてからいった。

「下着は、郵便受けに入れておいてちょうだい。それより、拓也くんはいま熱くなっているだけなのよ。初めて女性を知ったから無理もないと思うけど、少し頭を冷やして考えてごらんなさい。わたしと拓也くんの関係って、どう見てもふつうじゃないの。拓也くんだってわかるでしょ？」

「わかんないよ。なにがふつうじゃないの？」

「歳のちがいよ。拓也くんが付き合う相手としてふさわしいのは、わたしなんかより同じ年頃の女の子よ。そうでしょ？」

「そんなこと関係ないよ。俺、おばさんが好きなんだ。逢いたくてたまらないから、今夜いくよ」

「だめよ、きちゃだめ」

「でもいくよ」

「そんな、困らせないで」

こんどは杏子が懇願した。

「なんで困るんだよ。おばさんも独り暮らしだし、困ることなんてないじゃないの」

「そういうことだけじゃなくて、ご近所の眼もあるから……」

「わかってる。俺、充分気をつけていくよ。ならいいんだね？」

「だけど、今夜はだめ」

追い込まれた気持ちになって、杏子は思わずそういってからあわてた。

「じゃあいつならいいの？」

案の定、拓也はすかさず訊いてきた。

「それは……」

杏子がいいよどんでいると、

「明日？」

拓也が訊く。

仕方なく、「ええ」と杏子は答えた。

「じゃあ明日の夜いくよ」

拓也はは弾んだ声でいうと電話を切った。

杏子は茫然と立ち尽くしたまま、自分の胸の中を覗き込んでいた。

つまるところ、今夜が明日の夜になっただけで、拓也がくることに変わりはない結果になってしまった。

ただ、こうなるだろうことは杏子自身、拓也が今晩くるといったときからおよそわかっていたといわざるをえなかった。

考えてみれば、「だめ」といって拒んでいたのは、理性という、いうなれば建前であって、拓也の要求を受け入れてしまったのは、欲望という本音で、要するに理性で欲望を抑えることができなかったのだ。

杏子自身、拓也との関係はいけないことだと痛いほどわかっていた。関係を持ったことは過ちだと思っていた。そして、過ちはいちどで終わらせなければならないと、自分に言い聞かせてもいた。

ところが拓也の声を聞いたとたん、そんな思いや気持ちは溶けだしてしまったかのようだった。

自分の持っている分別や理性がこんなにも脆く崩れ去って欲望を抑えきれなかったことに、杏子はショックを受けていた。

2

玄関の前に立つと、拓也の胸の高鳴りは息苦しいまでになっていた。

インターフォンのボタンを押すと、ややあって「はい」という声が返ってきた。硬い感じの声だった。

「拓也です」

気負いを抑えて拓也はいった。

応答がない。ほどなくロックを外す音がして、そっとドアが開いた。

「入って」

杏子はチラッと拓也を見ただけでうつむき、抑揚のない声でいった。

その硬い表情を見て、拓也は緊張して中に入った。

杏子は玄関のドアをロックすると、黙って奥に向かった。拓也はあわててスニーカーを脱ぎ、あとにつづいた。

リビングルームに入っていくと、ほの暗い中に杏子が立っていた。天井の照明は消されて、スタンドの明りが灯っているだけだった。

杏子は黄色いノースリーブのワンピースを着ていた。ほの暗い中で見る腕の白さが艶かしく、拓也の胸をときめかせた。

拓也は杏子の後ろに歩み寄った。

「これ」

といって、手提げの小さな紙袋を杏子の前に差し出した。中には拓也が盗んだ杏子のパンティが入っていた。

杏子は黙って紙袋を手にすると、そばのローテーブルの上に置いた。

それを待って拓也は後ろから杏子を抱きしめた。

「あ、だめ」

杏子は小声で短くいっただけで、されるがままになっている。

拓也は両手を杏子の胸にまわしてバストを揉んだ。

「ああ……」

杏子は小さく喘いだ。両手を拓也の手にかけたが、それだけで拒む意思はないらしい。

それより腰を微妙にうごめかせている。杏子のむちっとしたヒップを股間に感じた瞬間から拓也の欲棒は一気に強張って、いまは尻に突き当たっていた。

どうやらそのせいらしい。

「聞いて拓也くん」

杏子がうわずった声でいった。

「なに？」

「こんなこと、もう今夜だけにするって約束して」

懇願されて、拓也は返答に困った。

――そんな約束はできないし、するつもりもない。でもそういったら、おばさんはいまのようにされるがままになっていないだろう。すぐに帰ってといいだすかもしれない。それは困る。だったら……。

素早く思考を巡らせて、拓也はいった。

「してもいいけど、その代わり、おばさんも約束してよ」

「約束？　どんな？」

拓也は思いきって威丈高にいった。

「今日は俺と思いきりセックスするってこと」

「拓也くん――！」

突然貌変したような拓也の口ぶりに驚いたらしく、杏子は絶句した。

「どう？」

訊いて拓也は片方の手でワンピースの前を撫で下ろした。ゾクッとした。下腹部のこんもりとした丘が手に触れたのだ。

「いいわ。そうしたら、拓也くんも約束してくれるのね？」

杏子が下半身をくねらせるようにしていった。喘ぐような感じの声だった。

「ああ」

と答えるなり拓也は両手でワンピースの裾を引き上げた。

「アンだめッ」

杏子は驚きと狼狽が入り混じった声を発した。が、たったいま拓也と約束したことが頭にあってか、されるがままになっている。

拓也は両手で杏子の太腿から腰に向けて撫で上げていった。杏子はパンストを穿いていなかった。

滑らかな肌触りにゾクゾクしながら手を這わせていた拓也は、ドキッとした。杏子がつけているのが、ふつうのパンティとちがうことに気づいたのだ。

──エッ!? まさか……。

驚いてそう思ったとき、杏子が拓也のほうに向き直った。

杏子は真っ直ぐ拓也を見た。

じっと見つめられて、拓也は気圧された。だが気圧されたのは一瞬だった。杏子の強張っている表情も、熱く燃えているような眼も、興奮し欲情しているためだとわかったからだ。そして、それは拓也も同じだった。

杏子は視線を落とした。どこか意を決したような感じがあった。すると、黙ったまま両手を背中にまわした。

ワンピースの襟元がわずかに緩んだ。背中のファスナーを下ろしたらしい。

押し黙って拓也が見ていると、片方の腕をノースリーブのワンピースの肩から抜き、ついで一方の腕もそうすると、ゆっくりワンピースを下ろしていく。

黒いレースのブラに包まれたバストが現れ、つぎに悩ましくひろがった腰がくねって、ワンピースが足元に落ちると、拓也が予想したとおりの下着をつけた下半身があらわになった。

予想していてもそれを眼にした瞬間、拓也はゾクッとして、勃起している欲棒がズキッとうずいてヒクついた。

それは、ブラとペアらしい黒いレースのTバックだった。

色っぽく熟れた白い裸身が、黒いセクシーな下着のために、よけいに刺戟的に見える。

拓也はたまらなくなって急いで着ているものを脱ぎ捨てていき、臙脂《えんじ》色のボクサートランクスだけになった。トランクスの前は、滑稽なほど露骨にテントを張っていた。

「それも取って」

黙って見ていた杏子が、ブラを外しながらいった。

——おばさんは見たがってるんだ。なら見せてやろう。

そう思った拓也はふと、アダルト動画に出ている男がよくやる手を思い出し、それを真似てトランクスを下げた。

瞬間、いきり勃っているペニスがトランクスでいったん下方に押さえ込まれ、そしてそのぶん大きく弾んで露出し、拓也の腹を叩いた。

「アァッ……」

杏子は喘ぎ声を洩らした。露出してヒクついている拓也の欲棒を興奮しきったような表情で凝視している。

それに肩で息をしている感じだ。息に合わせてきれいな形をした乳房が喘いでいる。

拓也がその乳房にしゃぶりつこうとした矢先、杏子のほうが抱きついてきた。

「ああ、すごい……」

うわずった声でいって軀をくねらせ、乳房を拓也の胸に、そして下腹部を怒張にこすりつける。

拓也がドキドキしながらされるがままになっていると、杏子はそのまま拓也の前にひざまずいた。

「今夜だけだから、拓也くんのいうとおり、わたしも思いきり楽しむわ」

怒張を手にドキッとするほど艶かしい眼つきで見上げていうと、亀頭にねっとりと舌をからめてきた。

拓也が見下ろしていると、舌をじゃれつかせるようにして亀頭をくすぐり、同じようにして怒張を舐めまわす。そしてたっぷり舐めまわすと咥え、顔を振っててしごく。眼をつむってフェラチオに熱中している杏子の顔には、興奮が浮きたっている感じがした。

拓也の眼は、刺戟的な眺めをとらえていた。杏子のきれいな背中の先に見えている、いやらしいほど官能的に張った腰と黒いTバックショーツだ。

その眺めと杏子の舌遣いで、ひとりでに怒張がヒクつく。

「うん……ふん……」

拓也の反応に興奮を煽られてか、杏子がせつなげな鼻声を洩らす。そればかりか、たまらなそうに腰をうごめかせている。

拓也は驚いた。杏子の手が思いがけないところを触ってきたのだ。陰のうだった。口腔で怒張をしごきながら、指で陰のうをくすぐるように撫でるのだ。

それだけではない。杏子は怒張から口を離すと、怒張を捧げ持つようにして陰のうを舐めまわし、さらには陰のうから裏筋をなぞるのだ。それも甘い鼻声を洩らして。

そういうテクニックがあることは拓也自身知っていた。それでいて驚いたのは、杏子がそんなテクニックを使ったからだった。杏子の印象としては、拓也にとってあり得ない、信じられないことだった。

それだけに驚いたが、同時に強烈な刺戟でもあった。

ビクン、ビクンと怒張が跳ねて杏子の顔を叩き、それで杏子も興奮を煽られるのか、そのたびに昂った喘ぎ声を洩らす。

「おばさん、それヤバイッ！」

拓也は怯えていって腰を引いた。

夢中になっていたのか、杏子は放心したような表情をしている。

そんな杏子を、拓也は抱いて立たせた。

興奮が脚にまできているらしく、杏子は拓也に抱きついていないと立っていられないようすだ。

そのまま寝室にいこうと思った拓也だが、すぐそばのソファを見て気がかわった。

杏子をソファに座らせると、その前に立った。

「おばさん、俺のためにTバック穿いてくれていたの？」

「それもあるけど、今夜を最後にしようと思ったからよ」

両腕で胸を隠した杏子は、腹を叩きそうになっている怒張を凝視したまま、息苦しそうにいった。

「俺、おばさんのアソコ、まだよく見せてもらってないんだよね」

拓也はそういって杏子の前にひざまずくと、

「今日はちゃんと見せてよ」

いうなり両手を杏子の膝にかけて強引に開いた。

「アッ、だめッ」

杏子はあわてて膝を閉じようとした。

「だめだよ、いやがっちゃ。思いきりセックスするって約束したんだから、ほら脚を開いて」

拓也は手を杏子の膝裏に入れて持ち上げると、さらに押し開いて足をソファの上に乗せた。

「そんなッ、だめッ」

杏子はうろたえたようにいって片手で股間を押さえた。

両脚は膝を立てた格好で、M字状に開ききっている。それでも〝約束〟が頭にあってか、膝が小刻みにふるえているだけで、されるがままになっている。

「手をどけて」

「いや」

拓也がいうと、杏子は小声を洩らした。恥ずかしそうだが拒絶には程遠い感じの声だった。

――と、杏子の手が股間からおずおず離れた。

拓也の目の前に刺戟的な眺めがあらわになった。

杏子の秘めやかな部分は、二等辺三角形を逆さにした形状の黒いレースによって覆われているが、その両側からわずかに陰毛が覗き見えている。そして、黒いレースの上端の両サイドは紐状になっていて、下端は股間に食い込んでいる。

それをゾクゾクしながら食い入るように見ている拓也は、ひとりでに怒張がうずいてヒクついていた。

拓也の視線を感じてだろう。杏子の内腿もヒクつき、腰が微妙にうごめいている。

拓也はゆっくり視線を上げていった。

杏子は両腕で胸を隠して顔をそむけ、眼をつむっていた。恥ずかしくていたたまれないような表情をしている。が、よく見るとそれだけではなさそうだった。興奮しているようにも見える。唇をわずかに開けていて、そうしていないと息ができないという感じだ。

「このまま脚を閉じちゃだめだよ」

拓也は命令するようにいって両手を内腿に這わせた。

「ああ……」

杏子は喘ぎ声を洩らして腰をくねらせた。すぐにも脚を閉じようとするかもしれないと思った拓也だが、ちがった。もうされるがままになっていようと覚悟を決めたかのように、杏子の反応はそれだけだった。

「俺、おばさんがTバック穿いてるなんて信じられなかったよ。でも正直いって、すげえ興奮したよ。もしかして、おじさんが好きだったの？」

「やめて！」

逆二等辺三角形のレースの上から秘部をなぞりながら拓也が訊くと、突然杏子が強い口調でいった。

びっくりした拓也は、杏子を怒らせたと思って怯んだ。

——おじさんのことをいったのがまずかったのか!?

「ごめん。変なことをいっちゃって」

謝ると、黒いレースを横にぐいとずらした。

「アッ」——勢いよく息を吸い込むような声を、杏子は洩らした。

あらわになった秘苑に、拓也は眼を奪われた。

杏子の肉びらは、ぼってりとした唇に似ていた。やや濃い褐色のそれが、大股開きの状態でもぴったりと合わさっていて、その両側に薄くだがヘアが生えている。

拓也はそっと、両手で肉びらを左右に分けた。すると、ヌチャという感じで肉びらがぱっくりと開き、同時に杏子がふるえをおびたような喘ぎ声を洩らして腰をヒクつかせた。

「すげえ。おばさんのここ、もうビチョビチョだよ」

拓也は興奮していった。

「いや、いわないで」

杏子がうわずった声でいう。

どこか興奮が感じられるその声につられて、拓也は杏子の顔を見た。そむけている顔には案の定、昂りの色が浮かんでいる。

当然といえば当然だった。肉びらがぱっくり開いてあからさまになっているサーモンピンクの粘膜は、溶けたバターでも塗りたくったように女蜜にまみれているのだ。

そのとき拓也は思わず眼を見張った。その生々しい粘膜がまるでナマコかタコのようなうごめきを見せたかと思うと、ジワッと女蜜がにじみ出て割れ目からあふれ、タラタラーッと会陰部に流れ落ちたのだ。

「ううん、見てるだけなんていやッ」

拓也が割れ目のエロティックな反応に見入っていると、杏子が焦れったそうにいって腰をうねらせた。

拓也にしても、もう見ているだけではすまなかった。立ち上がって中腰になると、いきり勃っている欲棒を手に、その先を割れ目にこすりつけた。

ヌルヌルした感触とくすぐったいような快感。

初体験のときは膣の入口がわからず、それで焦りまくって、ほとんどパニック状態になった拓也だが、いまは亀頭がそこを探り当てていた。

そのときふと、アダルト動画で得た知識が頭に浮かんだ。

——女は焦らされるとますます感じてたまらなくなる。

拓也は亀頭で膣口をこねた。クチュクチュと生々しい音がたった。

「アアそこッ、きてッ」

杏子が切迫した声でいって腰を揺する。

拓也は快感をこらえてなおもこね、ほんのわずかに亀頭を入れたり出したりした。

「だめッ、いやッ、入れてッ」

杏子は息せききって求めた。

「入れてッ」という言葉で一気に興奮を煽られて、拓也は押し入った。

3

せつなくて泣きそうになるほど甘くうずいている膣に、熱い肉棒がヌルーッと滑り込んできた。

一瞬杏子は息がつまり、声を発することができないままのけぞった。

肉棒が奥まで押し入ってきた瞬間、快感が弾けて、

「アーッ、いいッ！」

と声になって軀がわななき、一気に達した。

息をつく暇もなく、肉棒がゆっくり抽送されはじめた。

「わァ、もろ見えてる！」

拓也が昂った声でいった。開ききっている杏子の膝を両手で押さえて股間を見たまま、腰を使っている。

「ほら、おばさんも見て。すげえ刺戟的な眺めだよ」

かきたてられる快感にきれぎれに喘ぎながら、杏子は股間を見やった。生々しい淫猥な情景を眼にした瞬間、カッと全身が火になった。

「いやッ、いやらしいわッ」

声がうわずった。全身が火になると同時に興奮を煽られたからだった。

ショーツを横にずらされてあらわになっている秘苑――ヘアの下に覗き見えている肉びらの間にズッポリと肉棒が突き入って、ピストン運動をしている。

その肉棒がヌラヌラと女蜜にまみれていて、ひどく淫らに見える。

杏子はそこから眼が離せなかった。そればかりか、淫猥な情景を見ているうちに興奮と快感をかきたてられて、視界がぼやけてきていた。

そのとき、拓也が肉棒を抽送しながら手でヘアをかき上げると、クリトリスに触ってきた。指で撫でまわす。

「アアッ、それだめッ、だめよッ」

強烈な快感をかきたてられて、杏子は怯えてかぶりを振り、腰をくねらせた。

「どうしてだめなの？」

初体験をしたばかりとは思えない落ち着いた口調で、拓也が訊く。

「それされたら、感じすぎちゃって、すぐにイキそうになっちゃうの」

「だったら、おばさんだけイッちゃっていいよ」

「そんな、だめよ」

うろたえてそういったものの、肉棒の抽送と過敏な肉芽の指弄をつづける拓也の攻勢に太刀打ちできず、杏子はあっけなく絶頂に追い上げられた。

「アアだめッ、だめだめッ、イクッ、イッちゃう！」

めくるめく快感に襲われて、手放しで軀がわななく。

「オッ、すごいッ。おばさんのここ、キユッ、キユッって締めつけてきてる！」

拓也が興奮した声でいった。

抽送も指弄もやめて、杏子に押し入ったままじっとしている。その状態で、杏子の膣の動きを感じているのだ。

杏子自身、その感じはわかった。夫からもよくいわれたことだった。

そして杏子の場合、そんな膣の動きによって肉棒をより生々しく感じて、また快感がぶり返してくるのだ。

いまもそうだった。

「うう〜ん、ああ〜んいいッ」

杏子は感じ入った声で快感を訴えて腰をうねらせた。そうせずにはいられない。

「どこがいいの？」

拓也が訊く。

え!?――と杏子は思った。

「おばさんがいやらしいことをいうの、聞きたいんだ」

「拓也くん、あなた……」

杏子は啞然として拓也を見た。

「こんなことをいったら、おばさんに軽蔑されちゃうかもしれないけど、俺、セックスがもろ映ってるネットのアダルト動画とか、けっこう見てて、いろんな知識だけはあるんだ」

さきほどと同じく初体験をしたばかりとは思えないことをいった拓也は、悪びれたようすもなく、それどころか自慢げにいう。

「わたしの下着を盗んだのはだれかわかったとき、拓也くんて、見かけによらずいやらしいんじゃないかって思ったけど、思ったとおりだったのね」

杏子は拓也をかるく睨んでいった。

「やっぱ、軽蔑する？」

「わたしにその資格はないわ。わたし自身、いやらしいことをしてるんですもの」

杏子は自嘲ぎみにいった。

すると、動きを止めていた拓也が、肉棒を抽送しはじめた。

杏子は喘いだ。中断していたぶん、抜き挿しされる肉棒の刺戟が新鮮に感じられて、より快感をかきたてられる。

「どう、いい？」

そういって拓也が下から上にせり上げるように腰を動かす。

「アアッ、それいいッ！」

杏子は思わずいった。肉棒で膣がこすり上げられる感覚があって、ゾクッと軀の芯がざわめくような快感をかきたてられるのだ。

「どこがいいの？」

同じ腰遣いをつづけながら拓也が訊く。

「そこッ、そこがいいのッ」

「ここ？」

「そう、そこッ」

「ここはどういうの？　ちゃんといってみて」

「いやッ」

「じゃあやめちゃうよ。やめてもいい？」

拓也は動きを止めた。

「だめッ。いやッ、やめないでッ」

「だったら、いって。どこがいいの？」

拓也がまた抽送する。それも焦らすようにゆっくりと。

杏子はもう我慢できなかった。

「オ××コ、いいのッ。アアッ、もっとしてッ」

夢中になって腰を揺すって懇願した。たまらなさで、泣き声になった。

「すげえ。おばさんがそんないやらしいこというの聞いたら、メチャメチャ興奮しちゃうよ」

拓也が弾んだ声でいうと律動する。

肉棒の抽送が速まって、杏子の快感が一気に盛り上がっていく。

——突かれるのも、引かれるのもいいッ。たまらないッ。

その思いを、杏子は口にした。

「アアンいいッ、気持ちいいッ」

「俺も、おばさんのオ××コ、メッチャ気持ちいいよッ」

拓也がたまらなさそうにいって、さらに激しく突きたててくる。

杏子には拓也の顔がぼんやりとしか見えない。興奮のあまり視界がぼやけていた。

「アアッ、拓也くんすごいわッ……でも、もう無理、我慢できないッ。イッちゃいそう」

「俺も！」

拓也が切迫した声でいった。

「じゃあ一緒にイッて。いい？」

「ああ」

うわずった声で答えると、拓也は狂ったように突きたててきた。

杏子は繰り返しのけぞって喘いだ。強烈な快感のために泣き声になって、たちまちこらえがきかなくなった。

「もうだめッ、イッちゃう！」

杏子はのけぞった。めくるめく感覚に襲われて頭が真っ白になった。

「俺もだめッ。イクよ！」

怯えたようにいうなりズンッと、拓也が突き入ってきた。

「アウッ、イクッ！」

快感に貫かれて躯がわななくと同時に杏子は達した。さらに拓也の肉棒がヒクついてそのたびにビュッ、ビュッと勢いよく発射する樹液で体奥を叩かれて、

「アアッ、イクッ、アーッ、イクイクーッ！」

よがり泣きながら、オルガスムスに呑み込まれていった。

4

ふたりは浴室にいた。

誘ったのは、杏子とそうしたかった拓也だったが、杏子がすんなり応じたわけではなかった。最初はいやがった。だが拓也が「最後に思いきり楽しむんだからいいじゃないの」というと、しぶしぶ一緒に浴室に入ったのだった。

それと杏子自身、シャワーを浴びたほうがいいと思ったのかもしれない。さっきまでふたりがセックスをしていたリビングルームはクーラーが効いていたが、それでもふたりの躯はいくらか汗ばんでいた。

拓也は湯の温度を適温にすると、シャワーヘッドを手に向き合って立っている杏子の躯にシャワーをかけた。

シャワーの飛沫がしっとりとしたきれいな肌に弾かれて、官能的に熟れた裸身を流れ落ちていく。

だが杏子は片方の腕で胸を隠し、一方の手を下腹部に当てている。

「だめだよ、手をどけなきゃ。ちゃんと洗えないよ」

「だって、恥ずかしいでしょ」

杏子はうらめしげにいった。

「恥ずかしがることないじゃん。俺はもうおばさんのアソコも見てるし、なんてったってセックスしてるんだよ」

「いやだわ、拓也くんたら」

笑っていった拓也を、杏子は色っぽく睨んでうつむいた。すると、とたんにその表情が変わった。急に色めいた感じになったのだ。

そのわけが拓也にはすぐにわかった。杏子は、またいきり勃っている欲棒を眼にしたのだ。

そればかりか興奮した表情でそれを凝視している。眼が離せなくなってしまった、という感じだ。

「ほら、手をどけて」

拓也がいうと、杏子は怒張を見つめたまま、胸と下腹部からおずおず手をどけた。

シャワーに濡れた、四十五歳にしてはみずみずしくさえ見えるきれいな乳房と下腹部の黒々とした繁みが、拓也の欲棒をうずかせヒクつかせた。

「ああ……」

杏子が喘いで太腿をすり合わせた。

拓也はボディソープを掌に取り、両手で泡立てると、

「洗ってあげるよ」

と杏子の乳房に塗りつけた。

「アンッ、だめ……」

杏子はあわてたように両手を拓也の手にかけたが拒もうとはしない。

「まず俺が、つぎにおばさんで、洗いっこしようよ」

拓也は両手で乳房を揉んだ。泡でヌルヌルするふくらみと、尖っている乳首の感触が気持ちいい。

「そんな……」

杏子は戸惑ったような声を洩らした。が、両手で拓也の肩につかまると、悩ましい表情で軀をくねらせてきれぎれに喘ぐ。

拓也は杏子の上半身全体にボディソープの泡を塗りつけた。そして、泡まみれの手で繁みを撫でまわすと、その手を股間に滑り込ませた。

杏子の内腿が拓也の手を締めつけた。拓也が指で割れ目をまさぐると、

「アアッ」

喘ぎ声と同時にふっと、締めつけが解けた。

拓也は指で割れ目をこすった。ソープの泡だけでなく女蜜も混じっているのか、ヌルヌルした中に粘りが感じられる。

「アアンッ、だめッ。そんなことしたら、立っていられなくなっちゃう」

杏子がたまらなさそうに腰をくねらせながら、怯えたような表情でいう。

かまわず拓也が割れ目をこすりつづけると、両手で拓也の肩にしっかりつかまって腰をクイクイ前後に振りながら、感じ入ったような喘ぎ声を洩らす。

拓也は指を女芯に挿し入れた。

「アーッ……だめッ!」

杏子は拓也にしがみついてきて、達したような声を放って軀をわななかせた。

実際、達したらしい。まるで嬉しがっているかのように、女芯がジワーッと拓也の指を締めつけてきた。

「イッちゃったの？」

拓也が蜜壷を指でこねながら訊くと、杏子は苦悶の表情を浮かべて腰をうごめかせながらうなずいた。

そのようすに興奮を煽られて、拓也はキスにいった。キスをすることになにか特別な思いがあるのか、これまで杏子は拒絶反応を示していた。

そのため拓也は無理強いしなかったのだが、初めて強引に唇を奪った。

すると杏子は一瞬拒んだが、これまでの拒絶の意思が氷解したのか、すぐにされるがままになった。

杏子との初めてのキスに、さらに興奮した拓也は舌を差し入れ、杏子の舌にからめていった。

杏子はせつなげな鼻声を洩らすと、舌をからめてきた。同時に密着しているふたりの間に手を差し入れて、杏子の下腹部に突き当たっている拓也の怒張をギュッと握った。欲情を抑えきれなくなったかのように。

それは拓也にしても同じだった。だがここはこらえて唇を離すと、杏子にいった。

「こんどはおばさんが俺を洗ってくれる番だよ」

「いいわ。じゃあじっとしてて」

杏子は妙に喜々としたようすでいうと、両手でボディソープを泡だてる。

——おばさん、こんどは自分が俺を好きなようにできると思って、それで喜んでるのかも……。

拓也のその予感は、ほぼ当たっていた。

杏子は若い拓也の軀をそうするのを楽しんでいるかのような、まるで愛撫するような手つきで上半身に泡を塗りつけていくと、乳首を指先にとらえてまるく撫でまわす。

「そんな、それヤバイよ！」

拓也はうろたえて身悶えた。

「どうして？」

杏子が悪戯っぽい眼つきで訊く。両手の指先は乳首をくすぐるように撫でまわしつづけている。

「くすぐったいもん」

「それだけじゃないでしょ。乳首、硬くなってるわよ。男性も乳首が感じるっていうけど、拓也くんもそうでしょ？　だってほら、ペニスがヒクヒクしてるじゃないの。感じるでしょ？」

そういわれると、認めないわけにはいかない。事実、くすぐったさは最初だけで、いまはゾクゾクするような快感に襲われていた。

「ああ、感じるよ」

拓也がうわずった声で答えると、

「わたしもよ。拓也くんが感じてこんなになってると、我慢できなくなっちゃうわ」

杏子は昂った表情でいって、脈動している怒張に手をからめてきた。

泡まみれの両手で怒張を撫でまわしたり、ゆるやかにしごいたりする。

そうしているうちに興奮がますます高まってきたらしい。杏子は息苦しそうなようすで自分の手元と怒張を見ている。

拓也はその手をどけて杏子を抱きしめ、故意に怒張を押しつけた。

「アアッ……イクッ!」

杏子が感じ入った声につづいてふるえ声を放って軀をわななかせた。

どうやら絶頂寸前まで高まっていて、怒張を下腹部に感じた瞬間、達したようだ。

「こんなんでイクなんて、おばさんの軀、すげえ感じやすいんだな」

拓也は興奮していった。それだけでなく、感じやすい杏子の軀にますます魅せられた。

杏子を抱いたまま、拓也は軀を上下させた。泡にまみれた軀がこすれ合うヌルヌルした感触が、とりわけ杏子の軀のそれが気持ちよくてゾクゾクする。

それは杏子も同じらしい。ふるえをおびたような喘ぎ声を洩らしながら軀をくねらせる。

「アアッ、感じすぎちゃってだめッ」

昂った声でいうなり杏子が拓也にしがみついてきた。

「またイッちゃいそう？」

拓也が耳元で訊くと、杏子はうなずき返した。

「じゃあシャワーで流しちゃおう」

そういって拓也は杏子を押しやると、シャワーヘッドを手にした。

ふたりの軀に、上半身からシャワーを当てていく。泡が流れ落ちた乳房がより生々しくみえて拓也の欲情をそそる。

泡にまみれてヒクついている怒張に、拓也はシャワーを当てた。飛沫と一緒に自分の手でも泡を洗い流すと、ついで杏子の下腹部にシャワーを向けた。

「脚、開いて」

「自分で流すわ」

杏子は腰をくねらせてうわずった声でいった。

「俺が流してあげるよ。ほら開いて」

拓也は杏子の太腿の間に強引に手を差し入れた。

「そんな……」

キュッと太腿を締めつけて、杏子は戸惑ったようにいった。

「だめだよ。開かなきゃ、ちゃんと洗えないよ」

拓也は杏子の下腹部にシャワーを当てた。

「アアン、だめッ」

腰をひくつかせると同時にふるえ声でいって、杏子は拓也の肩につかまった。

拓也の手首を挟みつけているぶんわずかに股間に隙間ができていて、そこにシャワーの飛沫が当たって感じたらしい。

拓也はそのままシャワーを当てつづけた。

「アアだめッ、やめてッ」

杏子はうろたえたように腰を振って哀願する。

「どうして？」

拓也はわざと訊いた。

「だめになっちゃうから。おねがい、やめてッ」

「感じすぎてイッちゃうから？」

杏子はクイクイ腰を振りながら、興奮して切迫したような表情でウンウンうなずく。

「イッちゃいなよ。ほら脚を開いて、思いきり感じちゃいなよ」

杏子のようすに興奮を煽られて拓也はけしかけた。

「アアッ、もうしらないッ」

突然、自暴自棄になったようにいうと、杏子は太腿の締めつけを解いていく。

拓也は吐水口を上向きにしてシャワーヘッドを杏子の股間に差し入れた。

「アアッ、アアだめッ、いいッ」

とたんに杏子は昂った声を放った。拓也の肩を強くつかんで腰をたまらなさそうに律動させながら、感じ入ったような喘ぎ声を洩らす。

拓也がシャワーを当てたままにしていると、「もうだめッ」というなり杏子は両脚を締めつけた。

「アアイクッ、イッちゃう、イクイクーッ」

ふるえをおびた泣き声で絶頂を告げながら腰を振りたてる。

5

目の前にいきり勃ったペニスがある。

シャワーを秘部に当てられて達してしまった杏子は、立っていられず、拓也の前にひざまずいていた。

そっと怒張に手をかけると、薄い皮膚が張って光っている、大振りな亀頭にねっとりと舌をからめていく。眼をつむって、舌をじゃれつかせるようにして舐めまわすと、唇と舌を使って肉棒全体をなぞる。

「ああ、おばさんのフェラ、メッチャ気持ちいいよ」

拓也が感に堪えないようにいった。その言葉を裏づけるように、ときおり怒張がヒクついている。

杏子は怒張を咥えた。顔を振ってしごきながら拓也を見上げると、欲情しきったような表情で見下ろしていた。

「おばさん、俺、またしたくなっちゃった」

杏子が緩やかにしごきつづけていると、拓也がいった。

——なんだか、オヤツをねだる子供みたい。

拓也の言い種でふとそう思って、杏子はおかしくなった。

だがそれも一瞬だった。精力を持て余している二十歳の若者は、リビングルームで射精してそれほど時間がたっていないというのに、もう勃起して我慢できなくなっているのだ。

その欲望に圧倒されると同時に胸がときめいた。杏子自身、したくなっていたからだった。それもたまらないほど……。

同時に動揺もした。二十歳の若者を相手にしたことを悔いて、これを最後にすると心に決め、拓也にもそういった。そして拓也から最後に思いきりセックスするという約束を求められ、仕方なく応じた。にもかかわらず、欲望が抑えられなくなっている自分がひどく淫乱に思えて当惑した。

そんな杏子を、拓也が抱いて立たせた。

「立ちバックでしてみようよ」

杏子は一瞬、え？　と思ったがすぐにわかった。夫がそんな言い方をしたのを思い出したからだ。

「まだバックでしてなかったから、してみたかったんだ。さ、後ろを向いてバスタブの縁に両手でつかまって、そう、それで尻を持ち上げて突き出す……」

拓也は楽しそうにいって杏子に指示する。

「いやだわ、こんな恥ずかしい格好」

そういいながらも杏子は拓也の指示どおりの体勢を取ると、カッと顔が火照った。

まるでうしろから犯してくださいといわんばかりの格好なのだ。

顔の火照りは恥ずかしさのせいだけではなかった。ゾクゾクする昂りに見舞われているためでもあった。

「いいなァ、この格好。メッチャ刺戟的だよ。それにこのむっちりした尻、たまんないよ」

拓也が興奮を抑えきれないようすでいいながら、両手でヒップを撫でまわす。

「ううん、だめ……」

杏子はくねくね腰を振った。恥ずかしさと昂りが一緒になって、いやらしいほど艶かしい声になった。

「おばさん、もっと尻を上げて」

拓也が怒張を尻にこすりつけながら、杏子のウエストの後ろ側のあたりを手で押さえる。

杏子は喘いで腹部を下げ、尻を突き上げた。

「いいね。ますます刺戟的になったよ。尻の穴もアソコもまる見えだよ」

あからさまなことをいいながら、拓也がクレバスに怒張をこすりつける。

「いやッ、いやらしいこといわないでッ」

声がふるえた。拓也のいった生々しい情景が杏子の頭にも浮かんでいて、羞恥と興奮をかきたてられてひとりでに腰がくねる。

「おばさん、入れてほしい？」

ヌルヌルしているクレバスを亀頭でこすりながら、拓也が訊く。

杏子はもう我慢できなかった。

「きてッ」

「そんなんじゃだめだよ、ちゃんといわなきゃ。ほら、なにをどこにどうしてほしいの？」

杏子は唖然とした。

——童貞を失ったばかりの子がいうこと!? でも、ネットでいやらしい動画を見て知識だけはあるっていってたから、そのせいかも……。

そう思っている間、故意にか、過敏なクリトリスを亀頭でこねられて、杏子はたまらなくなっていった。

「アアッ、拓也くんの硬いの、オ××コに入れてッ」

とたんにヌルッと怒張が滑り込んできた。その感覚からして、亀頭が入っただけで止まっている。

「アアもっとッ、もっと奥まで入れてッ」

杏子は腰をくねらせて求めた。

「おばさんて、いやらしいね。でも俺、いやらしいおばさん好きだよ」

いうなり拓也が押し入ってきた。ヌルーッと奥まで突き入ってくる。

「アーッ、いいッ!」

したたかな快感に貫かれて軀がわななく。

達した杏子を、拓也はすぐに突きたててきた。両手で杏子の腰をつかんで、硬い肉棒をリズミカルに抜き挿しする。

息つく暇もなく、それに否応なく、杏子はまたオルガスムスに向かって押し上げられていく。

こらえようもない喘ぎ声がひとりでによがり泣きになって、

「アアいいッ。アアッ、奥当たってるッ。それいいッ」

子宮に響く快感を、ふるえ声で訴えた。

「俺もいいよッ。ていうか、おばさんのオ××コもいいけど、ズコズコしてるとこも尻の穴もモロ見えてるから、たまンないよッ」

拓也が肉棒を律動させながら、息を弾ませてあからさまなことをいう。

立って後ろから犯されているような状態で恥ずかしいことをいわれると、奥に秘めたマゾヒスティックな性向が頭をもたげて興奮が一気にはね上がり、杏子は快感をこらえきれなくなった。

「だめッ、もう我慢できないッ。イッちゃいそう……」

「俺もだよ。このままやってたら発射しちゃいそうだ」

拓也がいったかと思うと、肉棒がスーッと杏子の中から出ていった。

「アンッ、だめッ！」

杏子は思わず腰を振っていった。

イク寸前のところで梯子を外された感じだった。

焦れったくてたまらなくて身をくねらせていると、拓也に抱き起こされた。

拓也はバスタブの縁に腰かけた。そして杏子の手を取ると、

「俺の膝にまたがって」

と、うながした。

杏子は、拓也の下腹部で女蜜にまみれて腹を叩かんばかりになっている肉棒から眼が離せなかった。泣きだしそうなほど、秘芯が熱くうずいていた。

肉棒を凝視したまま、杏子は拓也の膝をまたぐと、片方の手で拓也の肩につかまり、一方の手を肉棒にからめてその先をクレバスにこすりつけた。

自分のしている、はしたなくて淫らな行為が脳裏に浮かんで興奮を煽られ、身ぶるいするような快感に突き動かされて怒張を秘芯に収め、ゆっくり腰を落としていく。

熱くうずいている秘芯に肉棒が滑り込んできて、軀がわなないた。

腰を落としきると同時にイキそうになった。が、かろうじてこらえた。それでもこらえきれなかった声が、達したような感じになって出た。

「見せて」

拓也がそういって杏子の腰を押しやった。

ふたりの股間があらわになった。

蜜にまみれた秘唇の間にズッポリと突き入って、全体の半分ほどが見えてこれまた蜜で鈍く光っている肉棒。見方によってはそうともいえるし、秘唇が肉棒を咥えているともいえる淫猥な情景があからさまになっている。

「すごッ。メッチャいやらしいけど、メッチャ刺戟的で興奮する眺めだよ」

拓也はうわずった声でいうと、

「こういうのを見て、おばさんはどう？」

股間から眼が離せないでいる杏子に訊く。

杏子は戸惑って拓也を見た。興奮と興味津々のようすが入り混じったような表情をしている。

「恥ずかしいに決まってるでしょ」

思わず杏子は怒ったような口調になった。興奮のせいだった。そのため息が乱れていた。

「興奮するとか、感じちゃうとかないの？」

「拓也くんと一緒にしないで」

「正直、俺は興奮しちゃってるけど、おばさんもホントはそうなんじゃないの？」

「アンッ……」

杏子は喘いだ。いきなり拓也が怒張をヒクつかせたのだ。

「だってさ、すげえ刺戟的じゃん」

そういって怒張を抽送する。

拓也が見せつけているのだとわかっても、杏子の眼は股間に惹きつけられてしまう。

そして、淫猥な情景に興奮と快感をかきたてられて、

「アアッ、いやらしい……」

声がふるえる。

「このいやらしいのが、興奮して気持ちいいんじゃない？」

拓也が抽送をつづけながら訊く。

「そう、そうよッ。興奮して、気持ちいいのッ」

杏子は弾む声でいった。頭がクラクラして、ひとりでに本音が洩れた。

「オ××コ、いい？」

思い入れを込めたような腰遣いと卑猥な言葉で、拓也が訊く。

「いいわッ。アアン、たまんないッ」

「俺も。こんなに気持ちいいこと、これで最後にするなんてできないよ」

夢中になっていた杏子は、拓也の言葉にハッとしてうろたえた。

「そんな、拓也くんなにいってるの⁉」

「おばさんだってそうだろ？」

いうなり拓也はクイクイ腰を律動させはじめた。

肉棒が高速運動するピストンのように突き引きを繰り返す。快感と興奮ともふくれあがっていた杏子は、またたくまに絶頂寸前まで追い上げられた。

「アアだめッ、イッちゃう!」

そういったとたん、腰を押しやられて肉棒がスルリと抜け出て、拓也の腹を叩いた。

「いやッ、そんなだめッ」

杏子はあわてて腰を振りたてた。

「やめたらだめ?」

拓也が怒張を手に亀頭でクレバスをこすりながら訊く。

「アアンだめッ、やめちゃいやッ」

杏子は焦れて身悶えた。秘芯が泣きたいほどうずいていた。

「気持ちいいこと、つづけたい?」

訊かれるまま、杏子は強くうなずき返した。

「じゃあこれで最後じゃないよね?」

「そんな!……」

杏子は絶句した。

──と、亀頭が秘芯の入口をこねる。

「それだめッ、だめだめッ……」

たまらず、杏子は亀頭を求めて腰を揺すりたてた。

「だったら、つづけてしたいといって」

拓也が亀頭でこねながらけしかけるようにいう。

杏子の喘ぎ声は泣き声になった。目の前の快感しか頭になかった。

——もう知らないッ！

自暴自棄になった。

「アアッ、つづけてしたいッ、してッ」

杏子は息せききっていった。

肉棒が突き入ってきた。奥まで貫かれた瞬間、杏子は拓也にしがみついた。めくるめく快感に軀がふるえ、よがり泣きながら絶頂に達した。

6

気分は最高だった。

なにしろ二日前、その日を最後に関係を終わりにすると、いったんは杏子に約束させられたものの、セックスのさなか杏子をさんざん焦らして、まんまとその約束を反故《ほご》にすることに成功したのだ。

そのとき、毎日でも杏子と逢いたい、というよりセックスしたい拓也としては、杏子に明日の夜もくるといった。だが杏子は毎日なんてだめだという。だったら明後日くると拓也が迫ると、しぶしぶ受け入れたのだった。

毎日と中一日置くことにどんなちがいがあるのか、拓也にはよくわからなかった。

──毎日逢うことを認めると、そんなにセックスをしたがっているのだと思われる。おばさんはそう考えて、それがいやだったのかもしれない。ただ、もしそうだとしたら、中一日置いてもそうちがわないのではないか。でもそのへんは男にはわからない、女の気持ちの微妙なところなのかも……。

拓也は憶測をまじえて考え、最後は女を知った自惚れのようなものからいっぱしのことを想った。

もっとも拓也にとって、そんなことはどうでもよかった。杏子との関係をつづけられれば、それで万々歳だった。

この日拓也は、仕事を終えて夕食をすませると丁寧に歯を磨き、それからシャワーを浴びてきれいに軀を洗い、洗濯したての下着をつけて家を出た。

杏子の家についてインターフォンを押すと、「はい」と応答があった。「俺」という
と、ほどなくドアが開いて杏子が現れた。

拓也は中に入ってドアを閉め、ロックした。そして、杏子と向き合った。

「ホッとしたよ」

安堵していうと、

「どうして？」

杏子は怪訝な表情になって訊く。

それまではいくぶん硬い表情をしていた。といっても不機嫌な感じではなかった。

むしろ興奮しているときの表情といってよかった。杏子と肉体関係を持ったことで、
拓也にはそれがわかった。

「おばさん、怒ってるんじゃないかと思って、ヒヤヒヤしてたんだ」

拓也は苦笑いしていった。

「怒ってるわ。拓也くん、約束を守ってくれないんだもの」

杏子は拓也を睨み、憤慨していう。が、明らかにフリだとわかった。

拓也は杏子を抱き寄せた。

「あ、だめ」

杏子は戸惑ったような声を洩らした。

顔をそむけただけで、抗うようすはない。そればかりか、拓也からそらしている眼と、わずかに開いている、ピンク色の口紅が光っているような唇に、ときめきのようなものが感じられる。

拓也はキスにいった。杏子は拒まない。甘美な唇の感触に興奮した拓也がすぐに舌を入れていくと、すんなり受け入れて、舌をからめる拓也に合わせてからめてくる。それもせつなげな鼻声を洩らして、まだキスが上手とはいえない拓也以上に巧みにねっとりと……。

興奮を煽られて一気に勃起した拓也は、キスをつづけながら両手を杏子のヒップにまわした。

この日の杏子は、白い半袖のTシャツに花柄のフレヤースカートという格好だった。スカート越しに生々しく感じられるむちっとした尻のまるみを、拓也は両手で揉みしだいた。

「うんッ、うふん……」

杏子が艶かしい鼻声を洩らして腰をくねらせる。

拓也はスカートをめくり上げて、両手に尻のまるみをとらえた。この日はTバックではなかった。滑らかな感触のパンティが肉感的な尻を包んでいた。尻の側からパンティ越しに股間に手を差し入れた。ふっくらとしたふくらみ。割れ目が潜んでいるそこを、指でなぞった。

杏子がうろたえたように腰を振り、顔をよじって唇を離した。

「こんなとこで、だめッ」

息を弾ませていう。

「でも、こんなとこだから刺戟的かもよ。俺、ここでおばさんにしゃぶってもらいたくなっちゃったよ」

「そんな!……」

笑っていった拓也に、杏子は狼狽したようすで絶句した。

拓也としては、キスしているときにふと思いついたことだった。

手早くベルトを弛め、チャックを下ろすと、信じられないという顔つきをしている杏子に見せつけるように、ジーパンをパンツごと引き下げた。

「アッ——!」

ブルンと、怒張が派手に弾んで露出すると同時に、杏子が息を呑むような声を洩らした。

いきり勃っている怒張を、興奮しきったような表情で凝視している。息苦しいのか、唇を半開きにして肩で息をしているようすだ。

「さ、おばさん、しゃぶってよ」

拓也は杏子の肩に手をかけてうながした。

脱力したような感じで、杏子はひざまずいた。目の前の怒張を見つめたまま、両手を添えて、そっと唇を触れると、眼をつむって舌を覗かせ、ねっとりと舐めまわす。

それを拓也は見下ろしていた。玄関で前にひざまずいた杏子にフェラチオしてもらっているという異常な状態に興奮を煽られ、怒張を舐めまわしている杏子の舌にゾクゾクする快感をかきたてられながら。

やがて杏子は怒張を咥え、顔を振って口腔でしごきはじめた。

その顔を見て拓也は、『メッチャきれいだ』と思った。興奮が浮きたって、おそらくそのせいで整った顔だちが一層冴えて見えるからだろう。ドキッとするほどきれいなのだ。

怒張を口でしごいているうち、杏子も興奮が抑えられなくなってきたのか、悩ましげに眉根を寄せてせつなげな鼻声を洩らす。手は拓也の陰のうをくすぐるように撫でている。

そのとき、杏子が怒張から口を離した。

「ああ、もうここじゃいや」

拓也を見上げて、たまらなそうにいう。

「寝室にいこうか」

拓也が問いかけると、欲情した顔がこっくりうなずいた。

杏子を抱き上げるようにして立たせると、拓也は足元に落ちているジーパンとパンツを取り去って手に持ち、杏子にいった。

「おばさんもスカートとパンティを脱いで」

「どうして!? 寝室にいってからでいいでしょ」

杏子は当惑している。

「見たいんだよ、おばさんがノーパンで歩くとこ」

「そんな！　いやよ、そんなこと」

「恥ずかしいから刺戟的でいいんじゃないの。ほら、俺と同じ格好になりなよ」

いうなり拓也はスカートをめくり上げた。

「いやッ」といって杏子はスカートを押さえた。が、めくれ上がっているスカートから太腿が露出している。パンストは穿いていない。

「ほら脱いで」

ナマ脚の太腿に、拓也は怒張を押しつけていった。

「ああ……」

ふるえ声を洩らすと、杏子はうつむき、スカートのウエストに手をかけた。そのまま、スカートを脱ぐと、クリーム色のパンティを色っぽい腰から下ろしていく。

それはいくらか滑稽だがそれ以上に刺激的な眺めだった。拓也の前を、下半身裸の杏子が歩いて寝室に向かっているのだ。そのむちっとした白い尻朶が小気味よく左右に弾むのを見ていると、拓也の欲棒はいやでもヒクついた。

寝室に入ると、杏子も興奮が高まっていたらしく、いきなり拓也に抱きついて唇を重ねてきた。それも杏子のほうから熱っぽく舌をからめてきて、せつなげな鼻声を洩らしながら下腹部を怒張にすりつけてくる。

やがて唇を離すと、杏子は手早くTシャツを脱ぎ、パンティと同じクリーム色のブラを外していく。

拓也も同じように急いでTシャツを脱ぎ捨て、裸になるとすでに全裸になっている杏子を抱き寄せ、そのままベッドに倒れ込んでいった。

拓也はきれいな乳房にしゃぶりつくと、ふくらみを両手で揉みしだきながら乳首を吸いたて舐めまわした。

杏子が繰り返しのけぞって昂った喘ぎ声を洩らす。

色っぽく熟れた裸身に両手と口唇を這わせながら、拓也は杏子の下半身に移動していった。

ふたりが求めていることは同じだった。拓也が両脚を押し開くと、杏子はされるがままになった。

濃いめのヘアの下にあらわになっている肉びら。早くもそこにまで濡れがひろがって、唇に似たそれが鈍く光っている。

拓也は両手でそっと肉びらを分けた。粘ったような感じで唇が開き、ジトッと蜜をたたえたピンク色の粘膜が現れた。

両手で開いている肉びらを、そのまま押し上げると、割れ目の上端の皮膜がずれ上がって、クレバスと同じピンク色の肉芽が露出した。

「アアッ……」

杏子がたまらなさそうな声を洩らして腰をうねらせる。

微妙な襞に取り囲まれている女芯が喘ぐようにうごめきを見せて、ジュクッという感じで白い蜜を滲ませる。

拓也は屈み込み、ピンク色の肉芽に口をつけた。

「アンッ！」

ビクッと腰を弾ませて、杏子が鋭い声を洩らした。

拓也はそのまま舌を使った。肉芽をこねまわしたり、弾いたりしながら、ときおり吸いたてた。

それに合わせて打てば響くという感じで、杏子が感じ入ったような喘ぎ声を洩らす。

その声が拓也の気をよくさせると同時に興奮を煽る。

——まだたいして経験してるわけじゃないけど、俺のクンニのテクもけっこうイケてる。これもアダルト動画のおかげかも……。

そう思って内心ニンマリしていると、杏子が泣くような切迫した喘ぎ声を洩らしはじめた。

拓也は追い打ちをかけた。ふくれあがっている感じの肉芽を激しく弾く。

「アアいいッ、だめッ、イクッ！」

弾んだ声でいうと、杏子がのけぞった。そのまま、「イクイクーッ」とよがり泣きながら軀をわななかせる。

わななきが収まるのを待って、拓也は上体を起こした。

杏子は、興奮が貼りついた顔で放心したようなようすを見せている。

拓也は杏子を抱き起こした。

「シックスナインをしてみたいんだ。おばさん、上になってよ」

そういうと仰向けに寝て、杏子の腰に手をかけてうながした。

杏子はいやがらなかった。黙って、気だるそうに拓也の上になって顔をまたいだ。

拓也の顔の上にあからさまになった秘苑は、達したばかりの生々しさが女芯に現れていた。赤褐色の肉びらは濡れそぼってわずかに開き、覗き見えているピンク色の粘膜にも女蜜が浮いている。

杏子が怒張に手をからめてきて、ゆるやかにしごく。

拓也は両手で肉びらを分けた。

「アン……」

肉びらがパックリと口を開けて粘膜があらわになると同時に杏子が怒張を握り、喘ぎ声を洩らした。

膨れ上がっている肉芽に、拓也は指を這わせて、くすぐるようにこねた。

「アアッ、アアン……」

杏子が感じ入ったような声を洩らして怒張に口をつけてきた。

舌をじゃれつかせるようにして亀頭を舐めまわす。拓也の舌でイッたばかりなので過敏になっているのだろう。泣くような鼻声を洩らして怒張を咥えると、口腔で激しくしごく。

拓也の上で、まろやかな尻がうごめき、むき出しになっている褐色の肛門がたまらなさそうに収縮を繰り返す。

エロティックなその動きに興奮を煽られて、拓也は左手の中指で肉芽をこねながら、右手の人差し指を女芯に挿し入れた。

「ウ〜ン……」

杏子が呻き声を洩らして軀をくねらせ、肉茎から口を離した。

「そんな……アンッ、我慢できなくなっちゃう……」

身悶えながら息せききっていう。

拓也の人差し指を、肛門の収縮と連動して女芯が締めつけてくる。

ゆっくりと、拓也は指を抽送した。

「アアだめッ、それだめッ、イッちゃう！」

肉茎を手でしごきながら昂った声でいうと、体勢を保っていられなくなったらしく、杏子は前に突っ伏していった。

「おばさん、もう俺のチ×ポ、ほしくてたまらないんじゃないの？」

拓也は杏子の腹部のあたりに押さえられている怒張をヒクつかせて、露骨な訊き方をした。

「ああん、ほしいわ。ちょうだい」

杏子は軀をくねらせて求める。

「なにがほしいの？」

「ううん、拓也くんの、この、硬いおチ×ポッ」

淑やかな杏子があからさまなことをいう。それだけ欲情してたまらなくなっている証拠にちがいなかった。

「じゃあ上になって、おばさん自分で入れて」

拓也がいうと、杏子は緩慢な動きで起き上がり、軀の向きを拓也のほうに変えた。欲情のせいだろう、怒ったような顔をしている。拓也の腰をまたぐと、いきり勃っている肉棒を手にして屈み込み、肉棒の先を割れ目にこすりつける。ヌルヌルした粘膜の感触。先がヌルッと女芯に滑り込む。瞬間、杏子は息を呑んだようなようすを見せた。

そのまま、ゆっくり腰を落としていく。杏子の顔に苦悶の表情が浮かぶ。腰を落と

しきると、

「アーッ！」

感じ入った声を放ってのけぞった。

そして、拓也を見た。その顔に苦悶の表情はなかった。満ち足りたせいか、笑みを浮かべているようにも見える表情をしている。

杏子は拓也の胸に両手をつくと、色っぽく熟れている腰をクイクイ振りはじめた。

その腰と同じく熟れてまったりした感覚を秘めた女芯と、よがり泣くような喘ぎ声が、拓也の欲棒をくすぐりたてる。

――ああ、たまンないッ。こんなに気持ちいいことって、セックス以外には絶対にないだろうな。

そう思いながら拓也は両手を伸ばして杏子の乳房をとらえ、揉みたてた。

第三章　衝撃的な疑惑

1

　ランチタイムの忙しさが一段落しても大抵一人や二人、客がいるものだが今日はめずらしくいなかった。

　カウンターの中に一脚置いているトゥールチェアに腰をかけて、杏子は昼食を摂《と》っていた。

　サンドイッチとポタージュスープ。客がきたらすぐに中断できる軽食だ。

　客がいれば当然、食事はできない。そのため、一日の食事は朝夕の二食になることが多い。これでは健康によくないので、パートでも雇おうかと思ったこともあった。

ただ、杏子は調理にかけては手が早い。それでいて味の評判もいい。忙しいときは大変は大変だが、人を雇って下手に気を遣うよりはひとりのほうが気楽でいいという思いのほうが勝って、いまにいたっていた。

カフェの窓越しに青い空と海が見えている。その色も、降り注いでいる日差しも、夏のそれとは明らかにちがっていた。ギラついた感じはなく、透明感があって爽やかな、まさに秋の色調と光だった。

杏子はふと、拓也とのことを思った。

関係を断とうとしたが断てなくなってからしばらくは一日おきに逢っていた。逢うのは杏子の家で、そのたびに拓也は少なくとも二度は杏子の中に若い精を発射した。

さすがに杏子は思った。こんなことをつづけていてはいけない、せめて頻繁に逢うのはやめなければ、と。

そこで、逢うのは週一回にしようと拓也に持ちかけた。だが拓也は応じようとしなかった。

杏子はいった。

このままだと、そのうち必ず周囲に気づかれる。そうなったら、ふたりとも困ることになる。拓也くんがどうしてもわたしのいうことを聞いてくれないというのなら、そうなる前にわたし、拓也くんのお父さんかお母さんにふたりのことを話しにいくわ。

杏子の表情や口調から本気だと思ったらしく、拓也は困惑したようすを見せた。そして苦し紛れの感じで、わかったというと、その代わり週二回にして、と逆に条件を出してきた。

こんどは杏子が困惑させられた。即座にそんなことはできないといえない自分がいたからだ。

そもそも杏子にとって、拓也との関係はあってはならない、ましてやつづけてはいけない関係だった。

親子ほども年齢の差がある関係が周囲に知られたとき、ふたりが好奇な目にさらされるのは眼に見えていた。

とくに拓也の両親に発覚したときはそんなものではすまない。それも年上の杏子が激しくなじられるに決まっていた。

——そんなことになるのは、なんとしても避けなければならない。わたしのためだけでなく、拓也のためにも。

杏子は切実にそう思っていた。

それにもうひとつ、拓也との関係をつづけてはいけない理由があった。

それは、杏子自身の問題だった。

ふたりが関係を持つまで、杏子は確かに拓也に好意を持っていた。といってもそれは感じのいい若者というだけのことで、恋愛感情にかかわるものではまったくなかった。

ところが思いがけないことから拓也と関係を持ってしまった。

それは杏子自身、まさに魔が差したとしかいいようのない出来事だった。

ただ、拓也と関係を持ったあとになって、魔の正体がなんだったのか、杏子はわかった。というより思い知らされた。

魔の正体——それは、四十五歳の熟れきった女体の中でくすぶりつづけていた性欲だった。

その結果生まれた拓也との関係は、杏子にかぎっていえば、恋愛感情などとは無縁の、まさに肉欲の関係にすぎなかった。

だがそうとわかっていても、拓也との関係を断ち切ることができない。そこに杏子の懊悩があった。

拓也から週二回逢うという条件を切り出されたとき、そんな懊悩に揺れ動く気持ちがそのまま出て、杏子はその条件を呑んだ。

関係を絶つどころか、逢う頻度を減らすほうを選んだところに、言い逃れもできない、ごまかしもきかない杏子の本心――拓也との関係を、というよりセックスをつづけたいという欲望――が潜んでいたといわざるをえない。

そして、週二回の密会をつづけているのだった。

そんな自分のことが、どうしようもなく淫らではしたない女だと思えて、杏子は自己嫌悪に陥《おち》った。

にもかかわらず、拓也とのセックスがやめられない。底無しの若い精力と逞しい肉棒に溺れてしまっている。

しかもまるで自己嫌悪の反動のように淫らではしたなくなってしまって、それがさらなる興奮と快感になるのだった。

拓也とのセックスを思い返していると、杏子はいつも戸惑い、うろたえさせられる。夫とのセックスのときよりも淫らになっているような気がして、自分はこんなにもいやらしかったのか。そう思うからだった。

それが四十五歳という女ざかりのせいなのか、夫を失って欲求不満の状態に陥っているときふたたびセックスの歓びを知ったためなのか、わからない。両方かもしれない。

さらにここにきて、杏子の中にはそれよりもうろたえるような願望が生まれてきていた。

それは、こんなにも拓也とのセックスに溺れているにもかかわらず、いや、だからこそ生まれてきた願望なのかもしれなかった。


この夜、杏子はナイトキャップのブランデーを飲んでいるうちに、その誘惑を抑えられなくなった。

それは、夫が亡くなって以来、封印してきたことだった。

夫のノートパソコンを取り出すと、机の上で開いて電源を入れた。

なんだか疚《やま》しいことをしているような気持ちと一緒に興奮をおぼえて、胸がドキドキしていた。

夫の生前、杏子はこのパソコンを数回見たことがあった。それも夫に見せられてだった。それ以外、杏子ひとりで見たことはなかった。

それでもパスワードはちゃんとおぼえていた。夫と杏子、ふたりの誕生日の月日の間に英字の「ｌｏｖｅ」を入れた、わかりやすいものだったからだ。

夫に見せられたときの記憶をたどって、おぼえのあるフォルダを開いた。そこには二つのファイルが入っていた。

杏子は首をひねった。ファイルは確か一つのはずだった。

怪訝に思いながら、最初のファイルを開いた。

ディスプレイに小さな写真がかなりの数並んでいる。

その一つを、杏子はクリックした。

拡大写真が表示された。

黒いアイマスクをつけた女が、全裸で立っている。乳房も下腹部のヘアもあらわなままだ。

つぎの写真をクリックした。

全裸で立っている女の後ろ姿が現れた。そのウエストのあたりで交叉している両手首には手錠がかけられている。

さらにほかの写真をクリックする。画像を見た瞬間、杏子は顔が火照った。

全裸で後ろ手に手錠をかけられた女がひざまずき、勃起しているペニスを咥えている。

杏子はつぎつぎに写真を見ていった。

かけられたロープの形状が亀の甲に似ているので亀甲縛《きっこう》りというのだと夫がいって

いた縛りを、赤い綿ロープで裸身に施されている女。その股間には、ロープが食い込んでいる。

クレバスに綿ロープが食い込む感触が生々しくよみがえってきて、秘芯が熱くざわめいて軀がふるえ、杏子は喘ぎそうになった。

つぎの写真では、女は全裸で肘掛け椅子に座って大股開きの格好にされている。そしてその状態で男の手で乳房を揉みしだかれたり、秘苑をなぶられたり、怒張を咥えたり、むき出しの秘芯に肉棒を挿し込まれたりしている写真がつづく。

女が後ろ手錠をかけられたまま、後背位で犯されている写真もある。それがいろいろな角度から撮られている。

どの写真も女は全裸でアイマスクをつけていて、男は手やペニスや顔以外の軀の一部しか写っていないため、第三者が見ても誰の写真かわからない。

だが女は杏子自身で、男は夫なのだった。

これらの写真はすべて夫が撮ったもので、杏子は最初、こんな恥ずかしい写真を撮られるのをいやがって拒否した。

それでも夫に執拗に迫られ、アイマスクをつけるからと説得されて、しぶしぶ応じたのだった。

ただ、本音をいえば、恥ずかしい写真を撮られることへの強い拒絶感があった一方で、応じてもいいという気持ちがまったくなかったといえばうそになる。マゾヒスティックな性向のせいで、恥ずかしい写真を撮られることを刺戟的に思うところもあったからだ。

実際、しぶしぶ応じたものの、写真を撮られはじめて杏子はうろたえた。シャッター音が響くたびに過敏に感応して、その挙げ句、興奮と快感がこらえきれなくなって達したのだ。

シャッターの音以外、軀に指一本触れられていないにもかかわらず、秘苑はまるで失禁したかのようになっていた。

そんな杏子の反応に、夫は上機嫌だった。結果、写真の枚数も増えていったのだが、杏子はこれまでパソコンに取り込まれた写真の半分も見ていなかった。

当初は夫とふたりで、というよりそれを夫婦のセックスプレイの刺戟材にしようとする夫にうながされて一緒に見ていたが、そのうち夫がひとりで見ていたようだった。

杏子にとっては写真を撮られることで興奮し、過敏に感じて快感が高まる、それだけでよかった。

ただ、夫を失って満たされない欲望に軀がうずいてたまらなくなったとき、なんどかパソコンの中の写真のことが頭に浮かび、見たいという衝動にかられたことがあった。

　だがそのたびに自制した。見れば欲望が抑えられなくなって、ますますつらくなるのがわかっていたからだ。

　秘密の写真が入っているパソコンは、杏子にとってはいわば〝パンドラの箱〟のようなものだった。

　それを開けてしまったいま、写真を見ているうちに夫との行為が頭の中にだけでなく躯にも生々しくよみがえってきて、秘芯が熱くうずいてたまらなくなっていた。

　こうなることはわかっていた。それでいて写真を見たのは、ここには拓也とのセックスでは得られない興奮と快感があるからだった。

　杏子はパジャマのズボンの上から両手で下腹部を押さえた。

「ああ、あなた、ひどいわ」

　こんな性の歓びを杏子の躯に植えつけて逝《い》ってしまった夫への恨めしさが、切実なつぶやきになった。

　杏子はファイルを閉じた。もうこれ以上見ていられなかった。叶えられない欲望がふくらむばかりだった。

そのとき、フォルダの中の、もう一つのファイルが眼に止まった。

ふたたび怪訝に思いながら、そのファイルを開いてみた。

杏子は思わず息を呑んだ。いきなり衝撃的な画像が現れたのだ。

黒いアイマスクをつけた女が全裸で四つん這いになって、二人の男から犯されていた。口には一人の男のペニスを咥えさせられ、後ろからもう一人の男に突きたてられている。

その女は、もちろん杏子ではない。頭髪は、杏子はセミロングだが女はショートだ。アイマスクをつけているため顔はわからない。

プロポーションはいいが若くはなさそうだ。少なくとも二十代ではない。杏子と同年齢かもしれない。

女の両手には手錠がかかっている。アイマスクは、杏子の場合は安眠用のマスクだったが、女のそれは両端が尖ってスパンコールが散りばめられた、いわゆる仮装用のようだ。

写真は全部で二十枚ほどあった。

——どうしてこんなものが……。

写真を見ていきながら、杏子は思った。いきなり殴打されたようなショックを受けた頭で考えてみても、なぜこんな写真が夫のパソコンの中にあるのか、まったくわからない。

ところがそのとき、こんどはいきなり冷水を浴びせかけられたような衝撃を受けた。

それは、裸の男の後ろ姿が、下半身だけ写っている写真だった。腰のあたりにトカゲの形に似た痣があった。

——まさか、あなた!?

夫にも同じ場所に同じような痣があったのだ。

最初に受けたショックとは比べものにならないショックのあまり、思考が停止していた。

それでも眼だけはほかの写真を追っていた。

すると杏子の眼は、もう一人の男がつけているブレスレットに釘付けになった。

それと色も形状も同じ、シルバーのブレスレットに見覚えがあった。

諸沢俊英《もろさわとしひで》がつけていたものだった。

杏子は茫然として思った。

——諸沢さん!? もしこの男性が諸沢さんだとしたら、どうして彼が……!?

諸沢俊英は、夫から聞いたところでは中学生の頃からの親友ということだった。

そしてこれも夫から聞いた話だが、ふたりは大学進学の際、進路が分かれた。ともに東京の大学に進んだのだが夫は法学部、諸沢は医学部だった。それでも親交はつづいていた。

大学卒業後は、すでに弁護士資格を取っていた夫は東京の弁護士事務所に、そして諸沢は都内の大学病院に内科医として、それぞれ勤めていた。

その後、夫は三十二歳のとき独立することになった。杏子と娘の美穂を連れて、夫の出身地でもあり、東京とも電車で一時間ほどの近距離県の県庁所在地のY市にもどってきて、事務所を構えた。

それから数年後だった。どういう経緯か不明だが、諸沢がY市の総合病院に転勤してきたのは。

諸沢もすでに結婚していて、妻の凜央《りお》は東京の女子大の准教授で、Y市から通勤している。そして、ふたりに子供はいないということだった。

杏子は夫と一緒に諸沢夫婦と会ったことが二三度あった。四人で食事をしたのだが、夫と諸沢はしばしば会っているようだった。

夫や諸沢夫婦のことを思いながら写真を見ているうちに、杏子はしだいに胸苦しくなっていた。

――写真に写っているのは、夫と諸沢、それに凜央ではないか。

そんな疑惑が頭に浮かび、まさかそんなことがあるはずがない、と否定しようとはするものの、それを裏付ける確かなものがないのだ。そればかりか、写真を見れば見るほど疑惑が深まるばかりだった。

ただ、夫と諸沢は痣とブレスレットでほぼ確信にちかいものがあったが、凜央についてはヘアスタイルがショートカットという以外に特定できるものがなかった。

それでも、夫と諸沢が凜央を相手に3Pといわれるプレイをしている。杏子にはもはやそうとしか思えない。

同時に不穏な気持ちが生まれてきていた。それは、夫に裏切られたという怒りだった。

それでいて、うろたえてもいた。三人が情痴を繰り広げている写真を見ているうちに秘芯がたまらなくうずきだして、熱い蜜をたたえたそこがいやらしくうごめき、じっとしていられず身悶えて喘ぎそうになっているからだった。

2

「俺、思ってたんだけどさ、もう『おばさん』て呼ぶの、なんかへんだなって」

杏子に覆い被さって両手で乳房を揉みながら乳首を舐めまわしていた拓也が顔を上げて、ふと思い出したようにいった。

「なんて呼んだらいい？」

「そんなこと、わたしにいわれても……」

杏子は困惑して口ごもった。

「じゃあ『杏子さん』て呼ぶことにするよ。あ、でも『さん』付けなんてよそよそしいから、『杏子』のほうがいいかな。それでもいい？」

拓也が悦に入ったようにいって訊く。まるで恋人を気取ったような言い種に杏子は戸惑って、

「断っておくけど、わたし、拓也くんの恋人でも愛人でもないわよ」

顔をそむけていった。

「わかってるよ。でもじゃあ、俺たちの関係はなんていうんだろ。セックスはしてい

るんだから、セフレってこと？」

「……しらないわ」

杏子は顔をそむけたままいった。

素っ気なくいったつもりだったが、声がうわずった。

高まってきていた性感を中断されて、そのまま拓也と会話するうち、太腿に生々しく感じている拓也の強張りによってまたぞろ性感が高まってきて、というよりそれでなくてもうずいていた秘芯が熱くざわめきはじめたせいだった。

そのため、ひとりでに腰がうねった。

今夜、拓也を家に迎え入れたのは、三日ぶりだった。

そして、亡夫のパソコンでショッキングな写真を見たのが、一昨日のことだ。

この二日間、杏子の精神状態はふつうではなかった。カフェでも家でなにかしていてもあの写真が頭から離れず、ふだんはありえないミスをしてしまったことが何度かあった。

そのせいで、今夜の杏子は、肉体的にもこれまでとはちがっていた。拓也と逢う前からいままでになく秘芯が熱くうずいていた。

「ああ……」

たまりかねて喘ぐと、杏子は拓也の首に両腕をまわして顔を胸に引き寄せた。

乳房に顔を埋めた拓也が乳首を舐めまわし、一方の乳房を手で揉みたてる。

杏子は喘いでのけぞった。かきたてられる甘美な快感に、喘ぎ声がきれぎれに口をついて出る。快感は胸から下半身におよんで腰がうねり、内腿がムズムズうずいて両脚を締めつけ、すり合わせずにはいられない。

乳房への拓也の愛撫は、杏子とのセックスを重ねるうちに格段に巧くなっている。当初は童貞を卒業したばかりだから無理もないけれど、ただがむしゃらに揉みたてたり舐めまわしたりしていた。

ところがいまは杏子の反応を読んでそれに合わせているかのように、揉み方にも舐め方にも強弱のメリハリをつけるようになっている。

それによって杏子のほうはますます感じさせられる。

拓也のテクニックの進歩は、乳房への愛撫にかぎらなかった。前戯全般にわたって巧くなっていた。それにペニスを挿入してからの抽送の仕方も同様で、杏子を翻弄するほどだった。

童貞だった拓也が初めてセックスを経験してまだ三カ月たらずでここまで変わってきたことに、杏子は驚きを隠せなかった。

杏子自身、童貞を相手にした経験が初めてというせいもあった。自分の初体験からセックスの歓びにめざめるまでのことを考えると、あらためて男と女の性のちがいを思わざるをえなかった。

拓也が顔の位置を杏子の胸から下半身に向けてずらしていく。

ふたりとも、すでに全裸だった。

拓也の口唇が、杏子の腹部から腰骨のあたり、さらに内腿から鼠蹊部へと、掃くように這う。

早くも泣きたくなるほど秘芯がうずいている杏子は、拓也の口唇を求めてみずから脚を開く。が、拓也の手がヘアを弄んでいるだけで、口唇は肝心な部分に触れてこない。

杏子はふと思った。

──こんなとき、縛られてたら、もっとたまらなくなるかも……。『縛って』なんていったら、拓也くん、どんな顔をするかしら。驚くに決まってるけど、それよりもきっと、わたしのこと、変態だと思うだろう。だから、『縛って』なんていえない。

「うう~ん、いや……」

杏子は我慢しきれなくなって腰をうねらせた。声と腰つきがいやらしい感じになって、カッと軀が熱くなった。

焦らされているのはわかっていた。それでいて求めずにはいられない。

「舐めてほしい？」

訊くなり、拓也が両手で肉びらを分けた。

「アアッ」

思わず杏子は喘いでのけぞり、そしていった。

「舐めてッ」

「もうビチョビチョだよ。どこを舐めてほしいの？」

「クリ、クリを舐めて」

恥ずかしさとそれ以上の興奮で、杏子は軀と声がふるえた。

拓也の舌が過敏な肉芽に触れて、すくい上げる。

ゾクッと、鋭い快感に襲われて軀がふるえると同時に腰がヒクつき、杏子は喘いだ。

拓也が肉芽をこねるようにして舐めまわす。

否応なくかきたてられる快感に、杏子は身を委ねた。体奥にまで響くようなその快感こそ、うずきつづけていた秘芯が求めているものだった。

拓也が巧みに舌を使う。肉芽をまるくこねたり、上下左右に弾いたり、ときおり口で吸いたてたり、しかもそれぞれに強弱をつける。

それは杏子にとって抗し難い刺戟だ。まして今夜のように最初から発情状態にあってはなおさらだった。

感泣《かんきゅう》を洩らしながら、それでも杏子は必死に快感をこらえた。そのほうがより強くて深いオルガスムスを得られることを知っているからだった。

だが拓也の舌は、そんな杏子の思いを早々に蹴散らした。

杏子はよがり泣きながら絶頂を訴えて弓なりにのけぞった。そして、めくるめく快感に呑み込まれて軀をわななかせた。

3

拓也はのっそり上体を起こした。

杏子を見やると、凄艶な表情で息を弾ませている。

その横に並んで仰向けに寝ると、

「舐めっこしよう。杏子、上になって」

拓也は杏子に笑いかけていった。

初めて呼び捨てにされたからか、杏子は当惑したような表情を見せた。が、なにもいわず、気だるそうに起き上がると、拓也と反対向きに顔をまたいだ。

杏子の秘苑が、拓也の顔の真上にあからさまになった。

拓也から見ると、濃いめのヘアの上にどどめ色の唇のような肉びらがあらわになり、さらにそのすぐ上に茶褐色の肛門がむき出しになっている。

杏子は怒張を手にすると、亀頭に舌をからめてきた。

ねっとりと舐めまわす。

ゾクゾクする快感に煽られて、拓也は両手で肉びらを分けた。

肉びらがぱっくり開いて、外側のどどめ色とは対照的にきれいなサーモンピンクの粘膜が現れた。

そこは、あふれんばかりの女蜜をたたえている。

拓也の視線を感じてだろう。肛門がヒクヒクして、それに合わせて柔襞が微妙に重なっているような膣口が生々しくうごめいている。

「うふん……」

杏子はたまらなさそうに腰をくねらせた。舌をじゃれつかせるようにして亀頭を舐めまわす。

拓也は指先で女蜜をすくうと、膨れあがって露出している肉芽をとらえてこねた。

「アンッ……アアンッ……」

杏子は昂った喘ぎ声を洩らすと怒張をくわえ、口腔でしごく。

イッたばかりでよけいに過敏になっているせいだろう。感じ入ったような鼻声を洩らしながら、肉芽をなぶっている拓也に対抗するかのように口で怒張をしごきたてる。

それに対抗して拓也は頭をもたげて割れ目に口をつけた。舌で肉芽をとらえると、攻めたてるように舐めまわした。

すぐに杏子は怒張をくわえていられなくなった。

「そんな……アアだめッ……アアッ、またイッちゃう……」

身悶えながら昂った声で怯えたようにいう。

拓也はさらに攻めたてた。

「だめだめッ、イッちゃう、イクイクッ!……」

杏子はひとたまりもなかった。切迫した声で絶頂を告げて拓也の上に突っ伏すと、そのまま軀をわななかせる。

拓也は杏子の下から抜け出して起き上がると、両手で杏子の腰を引き上げて四つん這いの体勢を取らせた。

後背位での行為を予想して、それを期待しているかのように、杏子はみずからぐっとヒップを突き出した。

尻の狭間が開いて秘苑があからさまになり、ウエストのくびれからまろやかに張り出した尻朶が強調されて、いやでも拓也の欲情を煽る。

拓也は片方の手を杏子の尻にかけて、一方の手に怒張を持つと、

「バックから犯してっていってるみたいなこの格好、めっちゃ興奮するなァ」

怒張で秘苑をかるく叩きながらいった。

「ううん、いや……」

杏子は艶かしい声でいって身をくねらせる。

「でもほら、もうこれがほしくてたまんないんじゃないの？」

ヌルヌルしている割れ目に亀頭をこすりつけながら、拓也は訊く。

「アアン、そうよ、アアッ、きてッ」

杏子は身悶えてうわずった声で求める。その声にも悶えにも、焦れったさがこもっている。

「どうしてほしいの？」

拓也は亀頭で膣口をこねながら訊いた。クチュクチュと生々しい音が響く。

「焦らしちゃいやッ。入れてッ」

たまりかねたようにいって、杏子は腰を振りたてる。

拓也は秘口に亀頭だけ滑り込ませた。

「ほら、自分で動いてみて」

「あはん……」

亀頭が滑り込んだ瞬間、息を呑んだような気配を見せた杏子が、吐息と喘ぎが一緒になったような声を洩らすと、恐る恐るといった感じで軀を前後させる。

それに合わせて肉棒が女芯への抽送を繰り返す。

「アアッ、アアンいいッ……」

感じ入ったような声につづいて、杏子の軀の動きが徐々に律動に変わる。

動かずに杏子のむちっとした尻朶の狭間を見下ろしている拓也には、これ以上ない淫猥な情景が見えていた。

濡れそぼった肉びらの間にズッポリと突き入っている肉棒が、杏子の律動に合わせて突き引きを繰り返している。

その肉棒は肉びら以上に女蜜にまみれていて、それだけ杏子が感じて蜜をあふれさせていることを物語っていた。

拓也は女蜜を指先にすくい取ると、肉棒が出入りしているすぐ上にあらわになっている肛門を、その指にとらえた。

とたんに肉孔が驚いたイソギンチャクの口のようにキュッと締まった。

拓也は指先で肉孔をまるくこねた。

「アンッ、そんなとこ、いやッ」

杏子はうろたえたように腰を振りたてた。

「アヌスをこうされたことないの？」

拓也は押し揉むようにしながら訊いた。

「ないわッ。だめッ、やめてッ」

「じゃあアナルセックスの経験もないんだ？」

「当たり前でしょ。だめよッ、やめてッ」

杏子はひどく狼狽している。そのようすからして、アヌスの経験はないというのは本当だろうと拓也は思った。

ただ、狼狽とはべつの杏子の反応が、拓也を興奮させていた。

さっきからアヌスが収縮するたびにキュッと女芯が締まって、怒張を締めつけてきているのだ。

どうしてこういうことになるのか、拓也は知っていた。

それは、膣と肛門を8の字状に取り巻いている括約筋のせいで、それぞれの動きが連動するからだった。

もっとも知っているといっても旺盛な性的好奇心から得た知識だけのことで、実際に経験するのはもちろん初めてだった。

さらに杏子の反応は拓也の胸をときめかせた。押し揉んでいるうちに肉孔の締めつけが弱まって、苦しげに喘ぐような収縮弛緩を繰り返しているのだ。

しかもそれにつれて杏子の腰の動きも、当初の拓也の指から必死に逃れようとするそれからたまらなさそうにくねっている感じに変わってきていた。

——これって、おばさん感じちゃってるんじゃないか!?

拓也は興奮して思った。そして、ドキドキしながら指を肉孔に挿し入れた。

意外にツルッと滑り込んで杏子が小さく呻き、肉孔がクッと指を食い締めてきた。

「オッ、すげえ締めつけ！」

拓也は思わずいった。指だけでなく、同時に怒張も女芯で締めつけられた。

——と、締めつけがふっと緩んだ。

「うう～ん、だめッ」

ヒップラインがいやらしいほど色っぽい裸身をくねらせて、杏子は艶かしい声を洩らした。

「杏子はアヌス、処女なんだよね」

拓也はゆっくり怒張と指を抽送しながらいった。

「俺は杏子に初体験させてもらったんだから、こんどはお礼に俺が杏子に初体験させてあげたいな。といってもアナルセックスは俺も初めてだから、ふたりで初体験するってのもいいんじゃない？」

「そんな！　拓也くん、あなたって……」

杏子はひどくうろたえた感じでいって絶句した。拓也の言葉に強いショックを受けたようだ。

「だけどアヌスも感じてんじゃない？　ヒクヒクしながら俺の指を締めつけてきてるよ」

「いやッ。お尻はいやッ、やめてッ」

杏子は腰を振って息せききっていう。

拓也は女芯の怒張とアナルの指をゆっくり抽送した。

「でもほら、こうやってオ××コとアヌスを同時にやられるの、どう？」

「アアッ、だめッ、いやッ……」

ふるえをおびたような声と一緒に色っぽい背中からヒップがくねる。

そのまま拓也が〝二穴抽送〟をつづけていると、杏子の反応が変わってきた。息遣いが荒くなり、その間に感じているとしか思えない呻き声を洩らし、たまらなそうに身悶えはじめたのだ。

「どう？ いいんじゃない？」

拓也の問いかけに、ベッドに額を押しつけている杏子がウンウンとうなずき返す。

「俺もたまらなくなっちゃったよ」

拓也は本音を洩らした。杏子の反応と初めて経験する二穴抽送に興奮と欲情を煽られて、もうそれを我慢するのがつらくなっていた。

アヌスの指を抜くと、拓也は両手で杏子の腰をつかんで突きたてた。

それに合わせて杏子が感泣するような喘ぎ声を洩らす。

女蜜にまみれてピストン運動しているすぐその上にあらわになっているアナルは、指を抽送されたため、菊の花が開いたような形状を見せて、喘ぐように収縮と弛緩を繰り返している。

「だめッ。もう我慢できないッ。イッちゃう！」

杏子が息も絶え絶えに泣き声でいった。

拓也は絶頂に追いやるべく、激しく突きたてた。

杏子は一気に昇りつめていった。よがり泣きながら絶頂を告げると、突っ伏して軀をわななかせた。

拓也はいったん結合を解き、杏子を仰向けにした。

杏子は自分から脚を開いた。異常なほど興奮し欲情しているのか、これまで拓也が見た中でも一番凄艶なといっていい表情で、拓也の腹を叩かんばかりの怒張を凝視して、

「ちょうだい、もう入れてッ」

と、腰をうねらせてストレートに求める。

拓也は半ば圧倒されながら、また杏子の中に入っていった。

4

……拓也にうながされて、杏子はベッドに顔を横たえてヒップを高く持ち上げた恥ずかしい格好を取っていた。

その前にクンニリングスでいかされたばかりで、全裸だった。

拓也の手がヒップを撫でまわし、尻の間に這ってくる。

杏子はうろたえてアヌスを締めつけた。案の定、拓也は指先でクレバスの蜜をすくってアヌスをとらえ、

「今日はここの初体験をしよう」

と、押し揉むようにしながらいう。

「いや」

軀の芯をくすぐられるような、一種異様な性感をかきたてられてひとりでに息が乱れ、杏子は声がうわずった。

息だけでなく、気持ちも軀も乱されて、身悶えずにはいられない。

それもイッたばかりで過敏になっていたため、なおさらだった。

「いやだなんて、この前は杏子、俺がオ××コとここをペニスと指でズコズコしてたらすげえ感じちゃって、俺が気持ちいいかって訊いたら、うなずいてたじゃないか」

拓也が指でアヌスをマッサージするような愛撫をつづけながら、あからさまなことをいう。

「それに第一、あのあとでこのつぎきたとき初体験しようって俺がいったら、いやだ

なんていわなかったぜ」

そういわれると、杏子は返す言葉がない。実際、拓也のいうとおりだった。

といってもアナルセックスをすることに同意したわけではなかった。あのときはいやだといっても拓也がとても聞き入れてくれるとは思えなかったため、黙っていただけだった。

だが拓也が帰ったあと、杏子は動揺した。本当にそうだったのか、自問自答すると、そうだといいきれなかったからだ。

それればかりか、よくよく考えてみると、黙っていたのは拓也のせいではなく、杏子自身、アナルセックスを拒否する意思があったのかどうか疑わしく、そのせいで黙っていたにすぎなかったのだと思えてきた。

そんな動揺を抱えたままの杏子だったが、拓也にアヌスを弄ばれているうちに異様な性感に翻弄されていた。

そのとき、拓也の指がアヌスに侵入してきた。

瞬間、息が詰まって、ゾクッと軀がふるえた。

「オッ、めっちゃ締めつけてる！」

拓也が興奮した声でいって、指でアヌスをこねるようにする。

「ウウ～ン、いやッ……」

杏子は身悶えずにはいられない。しかも拓也の指を締めつけているアヌスの口が、押しひろげるようにされてヒクヒクしながら緩んできてしまう。

その指を、拓也は抽送しはじめた。

それに合わせて否応なく、杏子は息が弾む……。

「ほら、また感じてんだろ？」

拓也が訊く。

「アアッ、だめッ……」

杏子は軀をくねらせながら弾む息と一緒にいった。このままアヌスを攻められたらおかしくなってしまうという「だめ」だった。

「感じちゃってたまらなくなってるみたいだね。ここにペニスを入れたくなってきたんじゃないの？」

拓也が気をよくしたようすで指を抽送する。

図星だった。本心をいえば、杏子は怒張でアヌスを貫かれたい欲情に襲われていた。

そのとき、衝動的に思った。

――だったら、両手を縛られて犯されたい！

杏子は思いきっていった。

「お願い、お尻でするなら両手を縛って！」

その瞬間ハッとして、うろたえた。

目が覚めて夢を見ていたのだとわかるまで、数秒かかった。

杏子は放心して暗い天井を見ていた。

『いやな夢……』

まだ動悸が収まらない胸の中でつぶやいた。

いやな夢を見てショックだった。

ただ、どうしてこんな夢を見たか、わからなくもなかった。

拓也に思いがけずアナルセックスを求められたことと、亡き夫のパソコンで見た3Pの写真のことが頭から離れなかったせいにちがいなかった。

拓也がアナルセックスをしようといいだしたあの夜、なにか考えがあってか拓也はそれを求めず、つぎにきたときしようと勝手に決めて、あの日は杏子の女芯に若い精を二回解き放って帰っていった。

その、つぎにきたときというのは、予定では今夜のはずだった。

ところが山野水道設備がかかわっている公共施設の工事が納期の関係で残業しなければならなくなり、拓也は杏子の家にくることができなくなったのだ。

拓也はひどく残念がったが、杏子はホッとした。といっても昼間カフェに出ている間はそうだったが、夜になると妙に落ち着いていられなくなった。

そこで、どうしてそうなのか考えてみて、杏子は戸惑った。拓也がこないのを物足りなく思っている自分に気づいたからだ。

そして、いまの自分は頭で考えるのと軀で感じるのがまったくべつのことになってしまっているのを思い知らされたのだった。

今夜、こんなへんな夢を見たのは、そういう杏子の精神状態が影響したのかもしれなかった。

夢を見て目が覚めてしまった杏子は、拓也とのことからあの3P写真のことを考えていた。

あの写真は、杏子の胸の中で重い鉛のような存在になっていた。

本当に夫は杏子を裏切ってあんなプレイをしていたのだろうか。そして、ほかの二人の男女はまちがいなく諸沢と妻の凜央なのだろうか。

そんなことが事実だとは信じられない。というより信じたくない。けれども疑わざるを得ない証拠がある。

夫が生きていれば、確かめることができたかもしれない。でもそれはもうできない。

あとは諸沢に確かめるしかない。といってもどうやって確かめればいいのか、それがわからない……。

5

いやな夢を見た翌日のことだった。

杏子は早めに夕食を摂り、片づけをすませて浴室に入った。

今夜、拓也がくることになっていた。

ボディソープを泡立て、全身に塗りつけて洗っていると、ひとりでに躯が熱くなった。アヌスをいつもより念入りに洗っていたからだった。

さらに、昨夜見た夢と、指に感じる、ソープのせいでヌルヌルしているアヌスの感触が重なって、躯がふるえた。

拓也がくれば、アナルセックスを求めてくるのはわかっていた。

それに応じるかどうか、杏子はまだ迷っていた。

アナルセックスなんて、そんな異常なことはいやだという思いがある反面、アヌスで感じた一種異様な性感に、マゾヒスティックな性向が惹きつけられているせいだった。

そんな胸のうちを覗き見ているうち杏子はふと、自分ながらうろたえるようなことを思ったことがあった。

――わたしが本気で拒めば、さすがに拓也も無理強いはしないであきらめるかもしれない。でもわたしの本心をいえば、そうなってほしくない気持ちもある。というより、そのとき拓也がわたしを縛って無理やりにアヌスを犯してくれたら、それならいい。

そのことを思い出しながら、杏子は浴室を出た。いまの杏子の胸のうちはうろたえるよりもときめいていた。

バスローブ姿で寝室にいくと、この夜の情痴を意識して黒い下着を身につけた。それもブラとショーツだけでなく、ガーターベルトとセパレーツのストッキングも。

そして、薄手のニットのオーバーブラウスにフレヤースカートをまとったとき、ナイトテーブルの上の固定電話が鳴り出した。

拓也なら携帯にかけてくるはずで、娘の美穂にしてもそうだった。

杏子は訝《いぶか》りながら受話器を取り上げ、電話に出た。

「はい。塩見ですけど……」

「あ、夜分すみません。杏子さんですね。ご無沙汰しています。諸沢です」

男の声がそういった。

諸沢俊英だとわかった瞬間、あのパソコンの写真が脳裏をよぎって、杏子は動揺した。

「どうしていらっしゃるか気にはしていたんですが、ごめんなさい、忙しさにかまけてようすをうかがうこともできませんで。その後お変わりありませんか」

「ええ、わたしのほうはなんとか……諸沢さんはいかがですか」

「わたしのほうも、妻ともども変わりなくやっております」

諸沢がそういってから数秒、無言の間があって、

「じつは今日電話さしあげたのは」

と、諸沢はいった。

「杏子さんにちょっとお尋ねしたいことがありまして、それが電話では話しにくいことなので、近いうち、杏子さんのご都合のいいときにお会いできないかと思いまして。いかがでしょうか」

「話しにくいって……夫のことですか」

杏子は思わず探るような口調になってそう訊き返した。

「いえ、杏子さんご自身のことです。ただ、塩見についてお話することもあるので、彼が無関係というわけではありません。こんな言い方をすると、杏子さんにしてみたら、ますます不可解に思われるでしょう。ですからわたしとしてはぜひお会いしてお話ししたいんです」

諸沢はそこまでいうと、杏子の都合のいい日時を携帯電話に連絡してほしいといって、杏子に番号を控えるように求めた。

いわれるまま、杏子はナイトテーブルの下からメモ帳とボールペンを取り出して番号をメモした。

「それじゃあご連絡、お待ちしています」

諸沢がそういって電話を切ったあとも、杏子は受話器を手にしたまま茫然としていた。

諸沢は一体なにを尋ねたいと思っているのか。夫についても話すことがあるとは、どんな話なのか。あの3Pの写真と関係がある話なのだろうか。

頭の中を疑念が渦巻いていた。

しかも諸沢から久しぶりにかかってきた電話がショッキングな3Pの写真を見た二日後という、偶然とは思えないタイミングだったため、そこになにかあるような気がした。

それも想像もつかない、ショッキングなことが……。

そのときインターフォンが鳴って、杏子は我に返った。拓也がきたにちがいなかった。

大体がせっかちな拓也だが、杏子と逢うのが一日延びただけで、この夜はいつも以上にそうだった。

家に上がってくるなり杏子を抱いて寝室に直行したかと思うと、そのままキスしようとして、杏子があわてて「待って」というのも聞かず、強引に唇を奪った。

諸沢の電話から動揺がつづいていた杏子は、もう拓也の勢いを押し止めることができなかった。

そればかりか、舌をからめられるままおずおずからめ返しているうち下腹部に拓也の強張りを感じてカッと軀が熱くなり、ねっとりと舌をからめていった。

杏子の反応が拓也の欲情を煽ったかのように、濃厚なキスをつづけながら拓也が両手で杏子のヒップを抱え込んで引き寄せ、強張りをグイグイ押しつけてくる。

「うふん……」

身ぶるいするような性感に襲われて、杏子は腰をくねらせて鼻声を洩らした。

そこで拓也は唇を離した。

「今日は記念すべき夜だからね、くる前から興奮してたんだよ」

言葉どおり興奮した顔つきでいって、

「杏子は？」

と訊く。

「知らないッ」

杏子は思わずいった。拓也の問いかけを撥ねつけたつもりが、その思いとは程遠い艶めいた口調になってしまった。

そんな杏子を見てどう思ったのか、拓也はニヤリと笑いかけると、着ているものを手早く脱ぎはじめた。

たちまち、赤いボクサーブリーフだけになった。ブリーフの前は露骨に盛り上がっていた。

その盛り上がりに、つい杏子は眼を奪われた。

すると拓也は、見せつけるようにしてブリーフを脱ぎ下ろした。

ブルン！　と、生々しく弾んで怒張が跳び出し、杏子は思わず「アアッ」と喘いだ。

ゾクッと軀がふるえて、昂った声になった。

「服を着たままの杏子にしゃぶってもらいたいんだ」

そういって拓也は両手を杏子の肩にかけた。

「そんな……」

——なんてことを……。

狼狽しながらも杏子は拓也の前にひざまずいた。

これまで杏子はなんどか拓也の要求に戸惑わされたり、うろたえさせられたりしてきた。そのたびに初体験したばかりなのにとか、こんな若い子がとか、啞然とさせられたりもした。

ただ、拓也との行為を重ねているうちに、杏子なりの受け止め方が生まれてきていた。

それは、拓也という若者が生まれながらにして性的なことへ人一倍強くて旺盛な関心を持っていたことと、ネット社会の性的な情報が氾濫している状況とがあいまってのことではないか、というものだった。

もっともそう解釈しても、杏子が当惑させられることに変わりはなかった。

しかもそれだけではなかった。うぶな童貞の若者と経験を積んだ年上の女という最初の立場はどこへやら、いつのまにかそれが逆転して、いまでは杏子のほうが拓也にリードされることも珍しくなくなっていた。

「さ、しゃぶって」

いきり勃っている怒張に眼を奪われていた杏子は、拓也にうながされると、いわれるがまま怒張に両手を添えて口をつけた。

眼をつむって、亀頭にねっとりと舌をからめていく。

拓也が見下ろしていると思うと頭がクラクラするほど興奮を煽られ、もっといやらしく舐めてそれを拓也に見られたいという衝動にかられる。

実際に杏子はそうした。それに刺戟されたか、怒張がビクン、ビクンと跳ねる。その生々しい動きに合わせて子宮がうずき、ひとりでに腰がうごめく。そして、舐めまわしている怒張をくわえたくなる。

杏子はせつなげな鼻声を洩らして亀頭に唇を被せていった。

ゆっくり顔を振って口腔で肉棒をしごきながら、拓也を見上げた。

拓也は一目で興奮のせいとわかる強張った表情で杏子を見下ろしていた。

「なんでだろうな。服を着たままのフェラってへんに興奮しちゃって、我慢できなくなっちゃったよ」

苦笑いしていうと、杏子を抱いて立たせた。そして、オーバーブラウスに手をかけて脱がそうとする。

こういうとき、いつもなら自分で脱ぐといってそうする杏子だが、されるがままになった。このあと求められるに決まっているアナルセックスに対して躊躇する気持ちが、積極的になるのを阻んでいた。

「へえ、今日は黒いブラなんだ」

拓也が弾んだ声でいった。上半身レースの縁取りがついた黒いブラだけになった杏子の、白いふくらみを覗き見せているそのブラを、欲情した眼で見ている。

ついで拓也はフレヤースカートを脱がしにかかった。

杏子は当惑した。アナルセックスのことが気になっていつもの精神状態ではないにもかかわらず、下半身の下着を見て拓也がどんな反応を示すか、それが頭をよぎって胸がときめいたからだ。

「えッ、ガーターベルトじゃん。いいな、めっちゃエロいよ」

スカートを下ろした拓也は驚いたような声をあげ、興奮した口調でいった。

「ガーターベルト、久しぶりだな」

拓也のいうとおりだった。当初は杏子自身、拓也がガーターベルトをつけた杏子に興奮するのを見てわるい気がしなくて、ときおりつけていたが、そのうちパンストになっていた。

振り返ってみると、その変化は、性行為の中でときに杏子と拓也の立場が逆転するようなことが起こるようになった時期と重なっていた。

「やっぱ、ガーターベルトって、パンストより全然いいよ」

拓也は杏子の前にひざまずいて煽情的なスタイルの下着を見たまま、両手で腰の線をなぞりながら感に堪えないような表情と口調でいう。

杏子が腰をくねらせていると、

「あ、そうか。杏子が今日ガーターベルトをつけたの、今日が記念すべき日だからなんじゃないの？」

ふと気づいたようにいって、見上げて訊く。

「そんな、ちがうわ」

杏子は否定した。拓也がいうような、記念すべき日だなどとは思っていなかった。

ただ、いつもとはちがう日になるかもしれないという気持ちがあって、それが杏子に黒いブラとショーツ、それにガーターベルトという下着を選択させたのだった。

「まあいいや。記念すべき日にふさわしい最高の下着だよ。でもブラとパンティだけはないほうがいいな」

拓也はいかにも楽しそうにいうと、ショーツに両手をかけて下ろしていく。

杏子は腰をくねらせて、下ろされていくショーツに代わって両手で下腹部を押さえた。

拓也はショーツを取り去ると立ち上がって杏子の後ろにまわり、ブラを外しにかかった。

それに合わせて杏子は片方の手を下腹部から離して胸を隠した。

「このまま、ちょっと待ってて」

拓也はそういうと杏子のそばを離れた。

杏子はうろたえた。同時にカッと、頭の中と軀が火になった。

拓也はベッドの枕元のそばにいくと、そこに置いてある肘掛け椅子を持ってきたのだ。

その椅子は、これまで拓也とのセックスの中で使われたことはなかったが、夫とのSMプレイではたびたび使われた椅子だった。

そのときの杏子は大抵、その椅子に全裸で大きく両脚を開いた格好に拘束されて、夫にさんざん弄ばれたものだ。

拓也が椅子を持ってきたのを見てうろたえ、全身が火になったのは、そのときのことが脳裏に浮かんできたからだった。

「ここに座って」

拓也がそういって杏子をうながした。

『いやッ』

杏子は胸の中でいった。声にならず、拒否することもできなかった。羞恥と興奮に魅入られて意思を失ってしまい、操られるように椅子に腰かけた。

「ほらまたがって。大股開きだよ」

いうなり拓也は杏子の両脚を抱え上げ、肘掛けをまたがせた。

「いやッ、こんな格好」

杏子はあわてて両手で股間を押さえた。

「この椅子があるのを見て、いつかこういうことをしてみたかったんだ」

それが叶ったからか、拓也は嬉しそうにいうと、杏子の背後にまわった。

「それに見て。鏡もあって、いい格好が映ってるよ」

いわれるまでもなく、杏子にはそれがわかっていた。

「いい格好なのに隠しちゃだめだよ」

拓也が股間の両手を無理やり引き離す。

「いやッ」

そういっただけで、杏子はされるがままになって顔をそむけた。

両手は拓也につかまれているが、両脚はなんとかして肘掛けから下ろそうと思えばできないことはない。だが杏子はそうしなかった。

なぜそうしないのか、杏子自身わかっていた。

この椅子に座って全裸で開脚を強いられるのも、その、これ以上ない恥ずかしい姿を、壁に立てかけている鏡に映して見せつけられるのも初めてではなかったが、相手が拓也となると初めても同然で、身を焼かれるような羞恥と一緒にめまいがするようなマゾヒスティックな興奮に襲われていたからだった。

「ほら、ちゃんと見て。すごいよ。杏子のオ××コ、もうビチョビチョになっちゃって、アヌスがヒクヒクしてるじゃん」

「いや……」

拓也にあからさまなことをいわれてその指摘された部分が熱くざわめき、杏子は声がうわずった。それだけいうのがやっとだった。

それでいて鏡に眼をやって、秘苑から眼が離せない。異様な興奮につつまれて呼吸をするのも苦しい。

秘苑は拓也のいうとおりだった。大きく開脚しているため、肉びらが開いてピンク色の粘膜を露呈して、まるで蜜をぬりたくったように濡れそぼり、その下にあからさまになっている赤褐色のすぼまりが喘ぐように収縮と弛緩を繰り返している。

杏子は秘苑から顔に視線を移した。自分であって自分ではないような、強張った顔がそこにあった。

そのとき、昨夜夢に見たシーンが脳裏をよぎった。

『こんな恥ずかしいことをするなら、いっそのこと縛って』

込み上げてきた衝動を抑えきれず、そう口に出そうとしたとき、拓也が前にまわってひざまずくと秘苑に顔を埋めてきた。

いきなりクレバスを舐め上げられて、杏子はふるえ声をあげてのけぞった。

6

——今日の杏子は、最初からなんだかいつもとちがっていた。口ではいやがっていたけど、今日はアナルセックスをするかもしれないと思って興奮していたのかもしれない……。

拓也は舌に過敏な肉芽をとらえて舐めまわしながら思った。

杏子だけでなく、拓也自身もそうだった。自分のことはさておき、年上の処女を奪うことに、これまでとはちがう興奮をおぼえていた。

きれぎれに感じた喘ぎ声を洩らしていた杏子が、拓也の舌がこねまわしている肉芽が膨れ上がってくるにつれて泣くような声を洩らしてのけぞったり、たまらなさそうに腰をうねらせたりしはじめた。

その声も息遣いも切迫してきている。

絶頂が近づいている反応だった。

拓也は肉芽を吸いたて、舌で攻めたてるように弾いた。

「アアだめッ、それだめッ！」

杏子が怯えたようなふるえ声でいった。

拓也は攻めたてた。

顎が密着している杏子の秘口のあたりがピクピク痙攣する。

「だめッ、アアイクッ、イッちゃう！」

絞り出すような声と一緒に杏子の軀が反り返った。

「イクイクイクーッ！」

腰を律動させながら感じ入ったような声で絶頂を告げる。

杏子が昇りつめていくのに合わせて拓也の興奮も一気に高まって、怒張がさらにいきり勃った。

拓也は立ち上がって杏子を見下ろした。

気のせいか、イッたあとのようすもいつもの杏子とはちがうように見えた。どこか妖しい欲情に取り憑かれたような凄艶な表情を浮かべて息を乱しながら、どうにかしてといわんばかりにいやらしく腰をうごめかせている。

そんな杏子に拓也は欲情を煽られて硬直した肉棒を手にすると、一方の手で椅子の肘掛けをつかんで中腰になり、肉棒の先を女蜜にまみれている割れ目にこすりつけた。

「もうこれがほしくてたまらないって感じだけど、どう？」

「アアッ……ああんいやッ、きてッ」

杏子は焦れったそうな表情と口調で腰を振りたてる。

「きてじゃないだろ」

拓也はヌルヌルしている割れ目を亀頭でこすりながらいった。

「いやッ」

杏子は顔をそむけた。

挿入を前にしてのこのやりとりは、このところふたりの間では珍しいことではなかった。最初は拓也が杏子に淫猥な言い方で求めさせてみたいと思ったことからはじまったことだが、杏子もそれで興奮することがわかって、それからは前戯の一つのようになっていた。

「じゃあこれはいらないの？」

拓也は膨れ上がっている肉芽を肉棒で叩いた。

「アアッ、だめッ」

杏子はふるえ声と一緒に腰をヒクつかせた。そして悩ましい表情を浮かべた顔をそむけると一転、昂った顔つきになって、

「拓也の硬いオ×××ン、オ××コに入れてッ」

うわずった声であからさまな言い方で求めた。

興奮度の針がハネ上がって、拓也は杏子の中に押し入った。

怒張がぬかるみに滑り込むと杏子は苦悶の表情を浮きたて、感じ入ったような喘ぎ声を洩らしてのけぞった。

拓也が奥まで突き入ってじっとしていると、杏子の顔から苦悶が消えて、艶かしく微笑んでいるようにも見える表情が浮かんできた。満ち足りたときに現れる表情だった。

それもだが一瞬のことで、すぐに腰をうごめかせ、悩ましげに眉根を寄せて喘いだ。ひとりでのように、蜜壺が怒張をジワ~ッと締めつけてくわえ込む動きを見せて、それでよけいに感じてたまらなくなったらしい。

蜜壺のエロティックな動きに煽られて、拓也は怒張を抽送した。

ノーマルなセックスは、今夜にかぎってはアナルセックスの前戯のようなものだと拓也は考えていた。ノーマルなセックスでイカせて、その余韻に浸っている状態でアナルセックスにもっていけば、よりスムーズにいくだろうと。

「ほら見て」

拓也は腰を使いながら杏子にいった。

感じてたまらなさそうな表情を浮かべて感泣するような声を洩らしていた杏子が、つられたように股間を見やった。

「いやッ」

ふるえ声でいった。

それでいて股間を凝視している。というより、パックリと開いた肉びらの間にズッポリと突き入った肉棒が抽送を繰り返している淫猥な眺めに興奮をかきたてられて、眼が離せないようすだ。

その証拠に、顔に一段と強い昂りの色が浮かんできて、息苦しそうに唇を半開きにしている。

肉びらも肉棒も女蜜にまみれていて、それでよけいに淫らに見える中にもう一つ、いやらしい部分がある。

露出して、莢から膨れ上がっているクリトリスだ。

拓也は怒張を抽送しながら、指先に肉芽をとらえてこねた。

「アアッ、それだめッ、だめッ」

とたんに杏子は腰を揺すって怯えたようにいった。

ペニスを抜き差しされながらクリトリスを弄られる行為に、杏子は特に弱い。強烈な快感に襲われて一気にイッてしまう——という感じだ。

拓也がその行為をつづけていると、まさにいまもそんな反応を見せて、

「アアイクッ、イッちゃう！」

と、くぐもった声で絶頂を告げて軀をわななかせる。

拓也は怒張を抜いた。同時に杏子が追いすがるような喘ぎ声を洩らして腰を揺すった。

あらわになっている秘苑が、さらに生々しい状態を呈している。

開いた肉びらの間に露出している、口の中に似たピンク色の粘膜が、まるでエロティックなイキモノのようにうごめいて、そこに溜まっている女蜜があふれて会陰部に流れ落ちているのだ。

「オ××コ、よだれを流してるよ。杏子は濡れやすいから、潤滑剤なんていらなかったかもな」

拓也はそういいながら、脱ぎ捨てていたジーパンのポケットから小さなプラスチック容器を取り出すと杏子の前にひざまずいた。

「なんなの？」

杏子が不安そうに訊く。

「オリーブオイル。これをアヌスに塗ってマッサージすれば、ペニスがすんなり入るんだよ」

「そんな……」

杏子はうろたえたように腰をうごめかせていう。意識してか、赤褐色のすぼまりがヒクヒクしている。

拓也は片方の手をアヌスの下にあてがって、ヒクついているすぼまりにオイルを垂らした。「アッ」という杏子の短い喘ぎ声と一緒にキュッとすぼまりが引き締まった。

流れ落ちるオイルを、拓也はアヌスの下に当てている手で受け止めると、その手をオイルで光っているすぼまりに這わせて、さらに塗りつけた。

そしてそのまま、固く口を噤んでいる肉孔を揉みほぐすように、指でまるくこねる。

そういう仕方は、興味から知識として得ていたものだった。

杏子のアヌスを弄っているという異常な行為に、拓也はいままでにない興奮をおぼえていた。

「うう〜ん、いやッ、だめッ……」

杏子が腰をもじもじさせながら、悩ましげな表情を浮かべて息苦しそうにいう。そのようすからすると、アヌスに生まれる感覚に戸惑い、うろたえているようだ。

オイルのせいで、拓也の指は滑るようにすぼまりを撫でまわしていた。最初それを拒むようにきつく閉じていた肉孔は、ヒクつきながら徐々にほぐれ、いまはもう弛緩したような感じになってきている。

それにつれて、杏子の息遣いが荒くなってきた。

拓也がアナルマッサージをつづけながら顔を見ると、異様な興奮状態の中に狼狽も混じっているような表情をしている。

拓也は肉孔に指を挿し入れていった。

ヌルーッとスムーズに滑り込むと、ギュッと肉孔の口が指を痛いほど食い締めてきた。

「オーッ！」

拓也は思わず驚きの声をあげた。同時にその強烈な締めつけを感じた怒張が大きく脈動した。

「すごい締めつけだよ。ヤバイな。ペニスが食いちぎられちゃうよ」

拓也が冗談めかしていうと、杏子は弱々しくかぶりを振った。息を弾ませているだけで、口をきくことができないというようすだ。

拓也は肉孔をほぐそうと、指でこねたり指を抽送したりした。

効果はみるみる現れた。締めつけが解けて、狭小な肉孔が緩んできた感じになってきた。

杏子は昂った表情でハァハァ息を弾ませながら躯をくねらせている。戸惑うような性感に襲われているようだ。

「いい感じに緩んできたよ。どう、感じてるんじゃない?」

拓也が訊くと、

「いやッ」

それだけいうのがやっとという感じで、息苦しそうにいう。

拓也はアヌスから指を抜いた。すぼまりがめくれて、蕾が開花したような形状になった。

拓也は杏子の両脚を肘掛けから下ろすと、抱いて立たせた。

杏子は自分から拓也の躯に腕をまわしてきた。そうしないと立っていられないらしい。

そのまま拓也は杏子とベッドに上がった。

「ほら四つん這いになって、思いきり尻を上げて」

そういってうながすと、杏子は喘いだだけで拓也の指示に従った。

拓也は一瞬気圧された。色っぽく熟れている女体が、上体を伏せてヒップを大胆に突き上げた、挑発的ともいえる体勢を取ったからだ。

まろやかな尻朶の間はあからさまになっている。

拓也の視線と犯される部分を意識してか、蕾が開花したようなアヌスが繰り返し喘ぐように収縮している。

拓也は怒張を手にすると、一方の手を杏子の尻にかけた。

アヌスの下に開きぎみになっている肉びらの間を怒張の先でこすって、女芯に押し入った。

「アウッ!」

杏子が昂った声を発した。ベッドに横たえている顔に悩ましい表情が浮かんでいる。

拓也はゆっくり抽送しながら訊いた。

「どう、ここは?」

「アアいいッ、いいわッ」

杏子はすぐにアヌスを犯されると思っていたのかもしれない。どこかホッとしたようにも聞こえる声でいう。

拓也としては、これはアナルセックスをする前に杏子の興奮と快感を高めておくのが目的で、いわば前戯のようなものだった。それもアナルセックスについて考えているうちに思いついたことだった。

「どこがいいの?」

抽送を速めながら訊くと、

「アアンッ、オ××コ、オ××コいいのッ」

杏子は拓也の怒張をくすぐりたてる卑猥な言い方とたまらなさそうな声で答える。いつもとちがう興奮状態にあって、そのせいかいつもとちがってすぐに反応した。

「じゃあ気持ちよくなったとこで、杏子のバージンをもらうよ」

拓也はそういって怒張を抜くと、すぐ上のアヌスにあてがった。

怒張は女蜜にまみれ、すぼまりはオイルでヌルヌルしている。

拓也は押し入った。想いの外、怒張は狭小な肉孔にスムーズに滑り込んだ。

瞬間、杏子が軀を硬くするのがわかった。ついで「ウーン」という呻き声が洩れた。

──杏子のアヌスを犯した!

拓也は興奮にふるえ、怒張がヒクついた。凌辱感とアブノーマル感が一緒になった興奮だった。

両手で杏子の尻朶をつかむと、怒張をゆっくり抽送した。

狭小なぶん、怒張と粘膜の密着感が強く、くすぐりたてられるような快感に襲われる。

「どんな感じ？　初めてのアナルセックスは」

拓也が訊くと、

「ウン……アアッ、へんな感じ……おかしくなっちゃいそう……」

杏子は軀をくねらせながら、うわずった声でいう。

「おかしくなるぐらいい感じてるんだろ？」

「いや、しらないッ」

杏子の声はいやがっているというより艶めいている。

「ほら、もっと感じて、おかしくなっちゃいなよ」

拓也は抽送をつづけながらそういうと、片手を杏子の股間にまわして割れ目をまさぐり、指先に肉芽をとらえてこねた。

「アアだめッ……そんなことしたら、狂っちゃう……」

杏子は怯えたようにいう。

「いいよ、狂っちゃいなよ」

拓也は怒張と指を使いながらけしかけた。

それに合わせて杏子は荒い息遣いになって感じ入ったような呻き声を洩らす。その息遣いにも呻き声にもノーマルなセックスではない妖しいような響びがあって、拓也を異様な興奮に誘い込んでいく。

拓也は怒張をアヌスに挿したまま、杏子の股間にまわして肉芽を弄っていた手の中指を女芯に挿入した。

たっぷり女蜜をたたえた粘膜の中に指が滑り込むと、杏子は昂った感じの喘ぎ声を洩らした。

「オオッ、すげえよ杏子。アヌスがペニスを締めつけると同時に、オ××コも指を締めつけてきてるよ」

拓也は驚き興奮していった。

「ウウ～ン、だめ……」

杏子は息苦しそうにいって、じっとしていられないようすで軀をくねらせる。

第四章　秘性の行方

1

ドレッサーに向かってメイクをしているうちに、また迷いが頭をもたげてきた。

諸沢は話があるといっていた。杏子も諸沢に確かめたいことがあった。

だから会うのだと思って諸沢に電話をかけたのだが、杏子には最初からためらう気持ちがあった。

諸沢のいう話はともかく、あの写真のことを諸沢に訊いて本当のことがわかったとして、それでどうしようというのか。杏子自身、自分の気持ちがわからなかったからだった。

そこには、いまさら本当のことを知ったところでどうしようもないという思いと、知りたくないという思いの両方があった。

それでいてどうして諸沢に電話をかけたのか、杏子にもよくわからなかった。ただ、理由をあげるとすれば、どんどん深みにはまっている拓也との関係についての悩みと、あの写真を見たあとも消すことができないショックで、やり場のない気持ちになっていたせいかもしれなかった。

メイクを終えた杏子は、あらためて鏡に映っている自分の顔を見た。なぜか自分であって自分ではないような顔がそこにあった。

この日、カフェはいつもどおり開けていた。仕事中も前の日に諸沢にかけた電話のことが頭から離れなかった。そして閉店後、早めに夕食をすませて風呂に入り、出かける支度にとりかかったのだった。

杏子は最初から諸沢と食事をするような会い方をするつもりはなかった。といっても確かめたいと思っていることを考えれば、カフェのような場所はふさわしくない。杏子としては多少アルコールを必要としていた。

そのため、諸沢に電話をかけたとき、翌日の夜八時に会えるか都合を尋ねると、多忙な諸沢もその時間なら大丈夫だというので、杏子は伝えたのだ。

食事はすませていくので、どこか諸沢の知っているバーがあったら、そこで会いたい。その場所を教えてほしいと。

諸沢はちょっと考えてから、杏子も大体わかる場所とバーの名前を教えた。

部屋着から外出着に着替えて時計を見ると、出かけるにはまだ時間があった。

そのとき、携帯が鳴りだした。拓也からだった。

電話に出るか出ないか、杏子は迷った。出なかった場合、諸沢と会っているときにかかってくる可能性もある。そう考えて、着信ボタンを押した。

「はい」

「どうしてるの？」

つい素っ気ない声になった杏子とは反対に、拓也は屈託のない口調で訊いてきた。

「今日はこれから出かけるの」

杏子はそう答えた。拓也は明日の夜くる予定だった。

「なに？　もしかしてデート？」

「そう。これでもわたし、けっこうモテるのよ」

軽い口調で訊く拓也に反発をおぼえて、とっさに杏子はいった。

「え!?　マジで？　うそだろ？」

拓也は声を高めて重ねて訊く。明らかに動揺している。

「どうしてうそなんていわなきゃいけないの」

杏子はちょっと痛快な気持ちになって、突き放すようにいった。

「それはそうだけどさ、でも誰とデートするんだよ」

「誰って、拓也の知らない人よ。相手のことなんて、拓也にとってはどうでもいいでしょ」

「いいわけないよ！」

拓也は語気を強めた。

「どうして？」

「決まってるじゃないか。デートなんてやめろよ」

「だから、どうしてって訊いてるの」

「俺たち、そういう関係だからだよ。しかもふつうにセックスするだけじゃない。アナルセックスもする深い関係なんだ」

「やめて！」

思わず杏子は拓也がいうのを遮った。

「でもそう。拓也のいうとおりよ。わたしたちの関係って、セックスだけの関係なのよ。だからおたがいになにをしようとかまわないんじゃない？」

「そんな、かまわないなんて……」

拓也は困惑した感じで口ごもった。

「それに、セックスだけの関係っていうけど、俺はそうは思わないよ。杏子だって、アヌスを初体験した昨日のこと、おぼえてるだろ？　俺もめちゃめちゃ気持ちよかったけど、それ以上に杏子は初体験なのによがりまくって、つづけてイッちゃったじゃないか」

「やめてッ。もう切るわ」

「明日いくよ」

杏子がうろたえていって電話を切る寸前、拓也は口早にいった。

電話を切っても、杏子は携帯を手にしたまま茫然としていた。

最初のうちは拓也を翻弄していたが、終いには杏子のほうが気持ちを乱されてしまった。

そればかりか、昨夜のアナルセックスのことを生々しく思い出さされて、軀が熱くなっていた。同時に怒張を挿入されて抽送されたときの感覚がまだ残っているアヌスに意識がいって、ひとりでに収縮して喘ぎそうになった。

拓也がいったことは決して大袈裟ではなかった。アヌスを犯されているうちに杏子は、これまで経験したことのない、異様としかいいようがない妖しい快感に襲われて、感泣しながらたてつづけに昇りつめたのだ。

拓也がアヌスに射精して離れたあと、ほとんど失神状態になってベッドに突っ伏し、身動きはおろか呼吸をするのがやっとという有り様だった。

これまで杏子は、拓也との関係をどこかで断ち切らなければいけないと思いつづけてきた。

そう思う一番の理由は、ふたりの関係が周囲に発覚することの恐れだった。

ふつうなら、独身同士のふたりがなにをしようと周りからとやかくいわれる筋合いはない。

問題は、二十歳の青年と四十五歳の未亡人という関係なのだ。

こういう関係を周囲は放っておいてくれない。不道徳という誹りにとどまらず、卑猥な好奇心や興味をふたりに向けてくる。

まして拓也の両親の、杏子への非難はきびしいものになる。

それが眼に見えてわかっているからこそ、杏子自身、拓也との関係を断ち切らなければいけない、それも早くそうしなければいけないと思ってきた。

ところが実際はそう思いながらもずるずると肉欲に溺れてしまっている。

そんな自分に、杏子は恐れに似た気持ちが生まれてきていた。

2

教えられたバーはすぐにわかった。

テナントビルの地下に下りていくと、黒い革張りの重厚な扉があった。

緊張したまま、杏子は扉を開けて中に入った。店内は間接照明だけで薄暗く、十人ほど座れるカウンターがあるだけだった。

いらっしゃいませ、とカウンターの中からバーテンダーが声をかけてきて、入り口に近い席にいる二人の男の客が杏子を振り返り、一番奥の席から諸沢俊秀が笑いかけてきた。

杏子は奥にすすんで諸沢に軽く頭を下げた。

「お待たせしてすみません」

「いえ、ぼくが早くきたんです。まだ八時五分ほど前ですよ」

諸沢は腕時計を見ていうと、どうぞ、と杏子に隣の席をすすめた。

「失礼します」

そういって杏子が椅子に腰掛けると、バーテンダーがきて注文を訊いた。バーテンダーは一人いるだけだった。

杏子はジントニックを注文した。すると諸沢はグラスを開けて、おなじものを頼んだ。諸沢が飲んでいるのはギムレットのようだった。

「ほんと久しぶりですね。杏子さんのこと、どうしていらっしゃるか気にはしていたんですけど、つい忙しさに紛れてご無沙汰してすみません。でも先日、電話でその後お変わりないと聞いて安心しました」

ふたりの前からバーテンダーがいなくなると、諸沢がいった。

「ご心配いただいてありがとうございます。わたしのほうこそ、ご無沙汰して申し訳ありません」

「塩見が亡くなってから三年あまりになりますね。これを早いと感じるか長かったと思うか、受け止め方は人によってちがうと思いますけど、杏子さんとしてはどうですか」

「どうでしょう。おかしな言い方かもしれませんけど、どちらもあるって感じです」

「ちっともおかしくないですよ。ときにはもう三年以上になるのかと思うこともあれば、塩見の不在がこたえて長く、重く感じるときもあるってことでしょ。よくわかりますし、無理もないと思いますよ。それだけ杏子さんが塩見のことを愛していた証ですから」

諸沢の言い方に杏子は当惑して顔が火照った。「塩見の不在がこたえて」というのがなんだか欲求不満をいわれているように感じたからだった。

そこへバーテンダーがカクテルを持ってきた。

ふたりの前にカクテルを置いてバーテンダーが離れると、諸沢はグラスを手にした。

「久しぶりにお会いできてよかったです。それで乾杯もいいですけど、塩見に献杯しましょう」

そういわれて杏子もグラスを手にした。「塩見に」とグラスを持ち上げた諸沢に合わせ、ジントニックを飲んだ。

杏子としてはすぐにも写真のことを訊きたかったが、いきなりそれは切り出しにくかった。そこでまず、

「諸沢さん、お話があるとおっしゃってましたけど、どんなお話ですか」

と訊いた。

「すみません。そのためにお呼びしたんだから、ぼくから話さなければいけないのに。

じつは、杏子さんにとってあまり好ましい話ではないので、どう切り出すべきか、考えていたんです。もちろん、前もって考えてはいたんですけど、お会いしたらちょっとまた考えてしまって……」

諸沢は苦笑いしていった。

「わたしにとって好ましい話じゃないって、どういうことですか。お気になさらずにおっしゃってください」

「わかりました」

そういって諸沢はカクテルを一口飲むと、

「これはまったくの偶然だったんですけど、半月ほど前のある夜、所用をすませて帰宅途中に杏子さんのカフェの前を通りかかったとき、若い男性が杏子さんのお宅のほうに入っていくのを見たんです」

杏子は自分でも顔色が変わるのがわかった。それをカムフラージュしようとカクテルを飲んだ。

「そのとき、これはぼくの直感だけど、若者のようすからなにかあやしいと感じたんです。若者と杏子さんの関係を疑ったんです。でも、杏子さんにかぎってそんなことはないだろうと、否定的な気持ちもあった。だけど、杏子さんは魅力的な女性で独身だ、しかも女ざかり。魔が差すことがあっても不思議はない。そんな気もした」

諸沢は独白するように話しつづけ、そこでギムレットを飲んだ。杏子もジントニックを飲んだ。飲まずにはいられなかった。

「ただ」と、諸沢はつづけた。

「かりに杏子さんと若者がただの関係ではなかったら、杏子さんにとって好ましいことではない。若者を相手にするのはリスクが大きすぎる。そう思ったんです。そこで、杏子さんは気をわるくするだろうが、ぼくとしては塩見のことを思ったら放っておけなくて、それになにより杏子さんのことを思って、探偵社を使って調べさせてもらったんです。その結果、ぼくの直感が当たっていました。彼、山野拓也くんとのこと、杏子さんとしてはどう思ってらっしゃるんですか」

杏子は激しく動揺していて、なにもいうことができない。

「このままでいいとお思いですか」

杏子はうつむいて弱々しくかぶりを振った。

「ぼくもそのほうがいいと思います。それもできるだけ早く関係を解消したほうが杏子さんだけでなく、若い彼にとってもいい。もしそれが杏子さんからはむずかしいというのであれば、ぼくが彼を説得してもいいですよ。説得できないときは両親に話すといえば、さすがに彼もそれ以上は抵抗しないでしょう」

「でも、それはちょっと待ってください」

杏子はうろたえ、あわてていった。そこまでことを荒立てたくないと思ったのだ。

「ご自分で解決できますか」

できるかどうかわからなかったが、杏子は苦し紛れに小さくうなずいた。そして、ジントニックを飲んだ。

「大変失礼なことを訊いて申し訳ないんですけど、彼とは塩見と同じようなことをしてるんですか」

諸沢がギムレットを飲んでから妙なことを訊いてきた。

一瞬なにをいってるのかわからなかったが、杏子はハッとして頭の中が熱くなった。諸沢がいっているのが、SMプレイのことだとわかったのだ。

「塩見は生前、ぼくとのことは杏子さんになにも話していないといってたから、杏子さんは驚かれるでしょうけど、じつは彼とぼくは昔からおたがいのセックスについてオープンに話す間柄だったんです」

実際、杏子が驚愕するようなことを諸沢はいった。

「だからぼくは、塩見と杏子さんのことも知ってるんです。ただ、杏子さんもご存じのように、塩見は品行方正とはいえないぼくなんかとちがって、女性関係もセックスに関しても真面目な奴ですからね、セックスプレイの一つとしてSMプレイを彼に教えたのは、このぼくなんですよ」

アルコールの酔いがそうさせているのか、諸沢はこれまでになく饒舌だった。

反対に杏子のほうは、自分と夫のセックスを覗き見られているようで、いたたまれない気持ちだった。

「それでさっき、拓也くんとも塩見と同じようなことをしてるのかって訊いたんです。塩見は杏子さんのこと、マゾッ気があって俺にとっては最高の妻だなんて自慢してましたし、ぼく自身、そんな杏子さんが塩見を失ったらどうなるんだろうって心配してたものですから」

「やめてください！」

たまりかねて杏子はいった。

「すみません。ついストレートにいいすぎてしまって……」

諸沢は申し訳なさそうにいった。うつむいている杏子には、諸沢の表情はわからなかった。

杏子はジントニックを飲み干した。

バーテンダーがやってきて、なにかお作りしましょうかと訊いてきた。

杏子はモヒートを頼んだ。すると諸沢もグラスを空けて、マティーニを注文した。

新しいカクテルがくるまで、ふたりの間に沈黙が流れた。ふたりとも話の接ぎ穂を探しているような沈黙だった。

カクテルがくると、杏子は一口飲んで、うつむいて訊いた。

「あの写真、男性二人と女性一人が写っている写真、あれは夫と諸沢さんなんですね？」

「え!?」と、諸沢は不意を突かれたような声を発した。

「杏子さん、あの写真見たんですか」

「見ました。先日のことですけど、たまたま……」

「そうですか。杏子さんは自分たちのプレイの写真もあまり見ないと塩見がいってたので、ぼくが送ったんです。塩見としたら、そのうちそのときがきたら杏子さんに見せようと思ってたんじゃないかな」

「あの女性は誰ですか」

「妻です、凜央です。じつをいうと、塩見が体調を崩す前あたり、ぼくが誘って3Pをしたんです。塩見は最初、杏子さんのことを考えて乗り気ではなかったんだけど、ぼくと凜央に口説かれて渋々応じたんです。ところがやってみたら、すっかりハマッちゃって、そのうち杏子さんを説得して4Pをやろうとぼくが持ちかけると、塩見もその気になっていたんです。残念ながら、その夢は叶いませんでしたけど……」

「ひどいわ！」

杏子は声を絞り出すようにしていった。

「確かに、杏子さんにとってはひどい話だと思います。でもこれだけは塩見のためにわかってやってください。彼は本気で杏子さんのことを思い、一緒にプレイを楽しみたいと考えていたんです」

諸沢の言葉はまったく杏子の胸に響かなかった。

当然だった。杏子の胸の中は、遣り場のない憤りや嫉妬が激しくからみ合い、渦巻いていた。

3

諸沢俊英と会った翌日、杏子はいつもどおりカフェを開けたものの、ほとんど仕事が手につかなかった。

諸沢にいわれたことも、今夜くるはずの拓也のことも、頭から離れなかった。拓也との関係を諸沢に知られたのは、杏子にとってショックだった。いたたまれないほど恥ずかしかった。そして、ひとりになって考えているうちに思った。罰が当ったのだと。

ショックはそれだけではなかった。夫が諸沢夫婦と3Pをして、そのうえ4Pに杏子を誘うつもりだったなんて、耳を疑うようなことだった。

凜央を交えた3P自体が妻に対する裏切り行為であり、杏子は許せなかった。しかも杏子自身、結婚以来夫との間に育んできた愛を信じきって、爪の先ほども疑ったことがなかっただけに、それが崩れてしまった心の傷は容易に癒えそうもなかった。

そんな杏子に、諸沢はさらに信じがたいようなことをいったのだ。

「これはぼく自身、杏子さんにいうべきかどうか迷っていたんですけど、拓也くんとのことを知ったので、いうことにします。じつは塩見は亡くなる少し前、病室でぼくとふたりきりのときいったんです。『諸沢、杏子のことを頼むよ。杏子は女ざかりだ。それに俺のせいで知らなければ知らないですむようなセックスの歓びを知ってしまっている。そのことで杏子が苦しまないように、信頼できるお前に任せるからいいようにしてやってくれ』って。そのときぼくは『わかった』といったんですけど、それはあくまで塩見を安心させるためで、なにか考えがあってのことではなかった。それになにか考えがあったとしても、すべては杏子さん自身の問題で、ぼくがどうこうできることではない。そう思っていました。といっても拓也くんのことがわかるまでですが」

そこで諸沢はマティーニを一口飲んだ。そしてつづけた。

「どうでしょう、杏子さん。あなたさえよかったら、ぼくたち夫婦と大人ならではの付き合いをして、塩見が夢見ていたプレイを一緒に楽しみませんか。しかもちょうど、ぼくの後輩にバツイチでプレイに興味を持っているのがいるんです。彼は人間的にも社会的にも信頼できる男です。それはぼくが保証します。どうです、彼と会って杏子さんが気に入ったら、付き合ってみませんか。ぼくとしてはそうなって、ゆくゆくは4Pが楽しめたら最高だと思っているんですが……」

諸沢は話しているうちテンションがあがってきて、最後にはとんでもないことまでいいだした。

あまりにもひどい話に、杏子はあきれてものがいえなかった。

ただ、これまたひとりになって考えているうち、いくらセックスのことまで話すことができる親友とはいえ、なぜそんなことまで夫が諸沢にいったのかと思うと、怒りが込み上げてきた。

それよりも杏子にとっては拓也とのことのほうが重大だった。

諸沢にいわれるまでもなく、杏子自身、このままずるずる関係をつづけていてはいけない、早く断ち切らなければと思っていた。

問題は、それを拓也が聞き入れてくれるかどうかだった。

それでもなんとか説得しなければ……そう思いながら、杏子は拓也を迎え入れた。

「なに？　なんか怖い顔してどうしたの？」

拓也は杏子の表情を見て訝しそうに訊いた。

「今日はどうしても拓也に話さなければいけないことがあるの」

そういって杏子は寝室へはいかず、居間のソファに拓也を座らせた。そしてすぐにキッチンにいくと、二つのグラスにビールを満たして持ってきてテーブルの上に置き、杏子も拓也と直角の位置になる椅子に腰かけた。

「話ってなに？」

拓也はグラスを手にすると、杏子に向かって乾杯の仕種をしてビールを飲んでから、また訊いてきた。

杏子もグラスを手にした。ビールを一口飲んでからいった。

「拓也とわたしのこと、気づいた人がいるの」

「え!? 誰?」

さすがに拓也は驚いた。

「拓也の知らない人よ」

「昨日、そいつと会ってたの? それでいわれたのか」

「そんなことはどうでもいいでしょ。だから、わたしたちはもう会わないようにしなきゃいけないの。会っちゃいけないの」

「なんでだよ。そいつに脅されたのか!?」

拓也は激昂した。

「脅されてなんかないわ。わたしのためを思って忠告してくれてるのよ。わたしだけじゃない、拓也のためも思って。これはわたし自身も考えてたことよ。わたしたちの関係は、ずるずるつづけてちゃいけない。とくに拓也は若いんだし、同じ年頃の女の子と付き合うべきだって」

「やめろ! 冗談じゃない、勝手なことをいうなよ」

拓也は怒鳴って、いらだちをあらわにした。

反対に杏子は努めて冷静に話した。

「その人、わたしが拓也を説得できなかったら、自分が拓也くんと会って話してもらうというの。それでも拓也くんが聞き入れてくれなかったら、お父さんかお母さんに説得してもらうというの。でもそんなことになるのわたしもいやだから、それはやめてほしい、わたしが拓也を説得するっていったの。だからおねがい、わかってちょうだい」

拓也はうつむいて、顔を紅潮させて両手を強く握りしめている。感情の遣り場に困っているというようすだ。

「拓也、わかってくれたの？」

杏子がやさしく話しかけると、拓也はいきなり勢いよく立ち上がった。

「わかるわけねえだろ！」

叫ぶようにいうなり杏子に向かってきて乱暴に抱き上げると、抱きかかえて寝室に拉致していく。

「だめッ」「やめてッ」と声で抵抗する以外、杏子は為す術もなかった。

寝室に連れ込まれて抱きすくめられ、無理やり唇を奪われた。

拓也が強引に舌を入れてこようとする。杏子は呻いて唇を引き締めた。拓也の両手が杏子のヒップをつかんだ。引きつけて揉みたてる。

杏子はゾクッとして鼻声を洩らした。下腹部に拓也の強張りが当たっていた。ひとりでに唇が緩んだ隙を突いて、拓也が舌を入れてきた。

杏子は押し返そうとした。だが拓也は両手でヒップをつかんだままグイグイ強張りを押しつけてくる。その生々しい刺激的な感覚に、ふっと杏子はめまいに襲われて、思考が停止した。

一瞬後、杏子から拓也の舌に舌をからめていた。しかも自分でもいやらしいと思うと同時にそのいやらしいに興奮を煽られて腰をくねらせながら、せつなげな鼻声を洩らして。

そのまま、拓也は杏子をベッドに押し倒した。

馬乗りになられて見下ろされて、杏子は怯《ひる》んで顔をそむけた。

拓也のその眼には、怒りと猛々しい欲情が入り混じったような、いままでにない光が燃えていた。

拓也が杏子のブラウスのボタンを忙しげな手つきではずしていく。杏子は顔をそむけたままされるがままになっていた。

ブラウスの前をすっかりはだけると、拓也は乱暴な手つきで脱がして、杏子の上半身をパステルカラー系のベージュのブラだけにした。

そのブラも、拓也は乱暴に取り去った。

それでも杏子は胸を隠そうとはせず、人形のように仰向けに寝ていた。好きにすればいい。聞き分けのない拓也に対する反発からそう思っていた。

ついで拓也は軀をずらして杏子のスカートを脱がしにかかった。

手早く取り去って杏子の下半身を肌色のパンストとその下にブラと同じ色のショーツが透けた状態にすると、パンストに手をかけてショーツごと荒っぽく引き下げて抜き取った。そして杏子の両足をつかむなり、いきなり大きく開いた。

「いやッ」

杏子は思わずそういって両手で下腹部を隠した。

「俺、思ってたんだけどさ、俺と関係するまで、杏子、オナニーとかけっこうしてたんじゃない？」

杏子の足をつかんだまま、拓也が唐突に思いがけないことをいった。

一瞬、どうして拓也がそんなことをいいだしたのかわからず、杏子は啞然とした。

が、すぐに察しがついてうろたえた。

「ネットの動画とかだと見たことあるんだけど、俺、女がオナニーするとこ、ナマで見てみたいと思ってたんだ。杏子、やってみせてよ」

拓也は興味津々の顔つきでいう。

「そんな、なんてことを……」

そこまでいって杏子は不意に自暴自棄に似た気持ちになって、

「いいわ」

と、挑むようにいった。さらに、

「そのかわり、約束して。わたしとの関係は今日で最後にするって」

「そんな、そんな約束なんて、できるわけないじゃないか」

拓也は声を高めていった。

「だったら、わたしもそんな恥ずかしいことなんてできないわ」

杏子は強い口調でいった。

拓也は杏子の足から手を離した。視線を落ち着きなく泳がせて、悔しさがにじんだような表情を見せると、

「わかったよ」

と、ぶっきらぼうにいった。

「本当に最後にするって約束してくれるのね？」

杏子が念押しすると、

「ああ」

と、投げやりな感じで答えた。

「わかってくれて、うれしいわ」

杏子は穏やかに、やさしさをこめていった。

「わたし、拓也とは、おたがいにいい感じのまま終わりにしたいの。だから最後に、わたしのすべてを見せてあげるわ」

「じゃあオナニーやって見せてよ」

「すべて」と杏子がいったのをそう解釈したらしく、拓也はうながした。

杏子は顔をそむけると、ためらいを振り払っていった。

「その前に、縛って」

一瞬の沈黙。それで拓也が驚きのあまり絶句していることがわかった。

4

杏子がいったことに、拓也は耳を疑った。とっさに返す言葉がなかった。一呼吸おいてやっと、

「どういうこと?」

と訊いた。

「ナイトテーブルの扉を開けてみて」

杏子がいった。それまでとちがって手で胸と下腹部を隠して、そむけている顔に緊張しているような表情を浮かべている。

拓也はベッドから下りると、いわれたとおりナイトテーブルの扉を開けた。縦横深さすべて三十センチほどの箱があって、それを引き出すと、黒いアイマスクがあってその下に赤いロープが入っていた。ロープはかなりの量あって、綿ロープのようだった。

その赤い綿ロープを見た瞬間、拓也には、何匹もの蛇がとぐろを巻いているような、おどろおどろしい眺めに見えた。杏子から想像だにしなかったことをいわれたショックのせいかもしれなかった。

「拓也はもちろん、女性を縛ったことなんてないでしょ？」

そう訊いてきた杏子はベッドの端に腰かけていた。

「ああ。杏子、旦那さんに縛られてたの？」

拓也は手にしている箱を足元に置いて訊いた。

杏子は黙ってうなずいた。

「びっくりだな。旦那さんと杏子がSMやってたなんて」

拓也は声がうわずった。驚きと興奮のせいだった。

「でもそれでわかったよ。杏子って、ときどきマゾッぽいとこがあったわけが。旦那さんに調教されて、マゾにめざめてたの？」

「調教だなんて……」

杏子は戸惑ったようにいった。

「ああ、俺、そういう知識だけはあるんだ。だけど、まさかのまさかだよ。杏子がマゾだったなんて。じゃあ当然、縛られていじめられるのがいいんだ？」

「しらないッ」

拓也が覗き込んで訊くと、杏子は恥ずかしそうに顔をそむけた。その表情も声の感じも、いままでにないような妖しさがある。

「よし、縛ってやるよ。立って」

拓也は命じた。

とたんに杏子は緊張したような表情を見せ、なにかに操られるように、ゆっくり立ち上がった。

拓也は赤い綿ロープを手に取った。

それを見て、杏子は自分から両手を背中にまわした。

「初めてだから、うまく縛れるかどうかわかんないよ」

拓也は言い訳しつつ、それでもゾクゾクワクワクしながら、杏子が背中のウエストのくびれあたりで交叉している両手首にロープをかけて縛った。

さらになんどか見たことがある縛られた女の画像を想い浮かべながら、乳房の上下にロープをまわして膨らみを絞り出すようにして、なんとか後手縛りを完成させた。

拓也は驚いて眼を見張った。

後ろ手に縛られただけで、杏子はどう見ても興奮しているとしか思えない顔つきになって息を乱しているのだ。

そればかりか、乳房の膨らみに食い込んでいるロープに感じてか、乳首が生々しく勃って、突き出している。

それに、快感が下半身にも伝わっているらしい。色っぽい肉づきの腰をたまらなさそうにくねらせて、艶々しい白い太腿をすり合わせている。そうやって、同時に下腹部を隠そうとしているが、完全には隠せず、黒いものがちらちら見えている。

杏子を縛りはじめたときから、初めての、それもアブノーマルな経験ということもあって、拓也は新鮮な刺戟をおぼえて興奮していた。そのせいで勃起した欲棒は、もう窮屈なジーンズを押し上げるまでになっていた。

杏子を見ながら、拓也は着ているものを手早く脱ぎ捨てていった。

臙脂色のボクサーブリーフだけになると、ひとりでに気になるのか、うつむいたまままちらちら拓也に視線を向けている杏子に、故意に見せつけてブリーフをずり下げた。

露出した怒張が生々しく弾んで下腹部を叩くと同時に、杏子はふるえをおびた喘ぎ声を洩らした。

全裸になった拓也は、全裸の杏子の後ろにまわって抱き寄せた。その際、壁に立てかけてある鏡に向き合わせて。

「ほら見て。いい格好が映ってるよ」

拓也は両手で乳房を揉みながらいった。

「ああ、いや……」

杏子はそういいながらも鏡を見たまま身悶える。声にも表情にも、昂りの色がはっきり出ている。

「ホント、杏子はマゾなんだな。両手を縛られただけで、イク前みたい興奮しちゃって、乳首だって、ほらもうこんなにとんがってる」

拓也は尖っている乳首を指でつまんでこねた。

「アアッ、だめッ」

杏子は苦悶の表情を浮かべて声を高めた。昂りと怯えが一緒になったような声だった。

それを見て拓也は乳首を強く抓《つね》りあげた。すると、

「アウッ、いいッ!……アアだめッ!」

感じ入ったような声につづいてふるえ声を放って、杏子は軀をわななかせた。

イッたらしい。放心したような表情と軀全体で息をしているようすがそれを物語っていた。

その反応に拓也は驚き興奮しながら、片方の手を杏子の下腹部に這わせた。

股間をまさぐろうとする拓也の手を、杏子の内腿が拒んだ。が、それも一瞬だった。

怒張が突きたてている、むちっとした尻をくねって、内腿の締めつけが解けた。

拓也は手を杏子の股間に差し入れた。

そこは、女蜜にまみれてべっとりとしていた。

「濡れやすい杏子だけど、これはすごいな。ビチョビチョだよ。縛られたら、感じ方も濡れ方も全然ちがうんだ」

杏子は声もなく、うつむいて弱々しくかぶりを振る。

その耳元で、拓也は囁いた。

「オナニーして見せてよ」

杏子は顔を上げた。して見せるといったものの、さすがに躊躇する気持ちがあるのか、困惑したような表情を見せた。

そんな杏子に、拓也はニヤッと笑いかけると、先日使った肘掛け椅子を持ってきて、鏡に正対する状態に置いた。

ついでその椅子に杏子を座らせた。そして両脚を持ち上げると、押し開いて肘掛けをまたがせた。同時に杏子は小声で「いや」といって顔をそむけた。

「この前も縛ってたら、杏子、もっと興奮してたかもな」

拓也は笑っていいながら、杏子の開いている脚をロープで肘掛けに縛りつけていった。

大股開きの格好になっても、両手を縛られている杏子はどうすることもできない。羞恥と狼狽が入り混じったような表情を浮かべて、自由にならない軀をくねらせるのが精一杯だ。

「おおッ、たまらない格好じゃん。恥ずかしいとこが丸見えで、めっちゃ刺戟的だ。ほら杏子も見ろよ」

拓也がいうのにつられたように、杏子は視線を鏡にやった。

「いやッ」

とたんに羞恥が燃え上がったようにいって顔をそむけた。

思いきり両脚を開いて拘束されているため、女蜜にまみれている秘苑はこれ見よがしの感じであからさまになっている。やや黒みがかった赤褐色の、鶏頭の花を想わせる肉びらがわずかに口を開けて、ピンク色の粘膜を覗き見せ、その下に先日処女を失ったばかりの、茶褐色の菊の蕾のようなすぼまりが露呈している。

「でもこんな格好にされるの、初めてじゃないんじゃない？　旦那さんにもされてたんだろ？」

拓也は杏子の後ろから両手で乳房を揉みながら訊いた。

杏子は悩ましい表情を浮かべて喘ぐ。拓也は片方の手を杏子の内腿に這わせて膝から股間に向けてなぞった。

「ええ、そうよ」

杏子が両脚をヒクつかせながら、うわずった声でいった。

拓也は鏡を通して杏子の顔を見た。ドキッとした。

杏子は挑むような眼で拓也を見ていた。しかもその顔にはこれまで見たことがないような、凄味さえある興奮の色が浮きたっている。

一瞬気圧された拓也は、体勢を建て直すべくいった。

「旦那さんにも、オナニーをさせられたことがあるんじゃないの？」

「ええ、あるわ」

あっさり認めた杏子に、拓也は嫉妬をおぼえた。

「じゃあ旦那さんのとき以上に本気でして見せてよ」

そういうと杏子を前屈みにさせ、ようやく背中に手を差し入れて後ろ手に縛っているロープを解いた。オナニーさせるには手を自由にする必要があるからだった。

「さ、やって」

拓也はけしかけた。

両手で股間を隠している杏子は、顔をそむけた。そのまま眼をつむると、左手でゆっくり秘苑を撫で上げて、右手の中指を割れ目に這わせる。

拓也が息を呑んで見ていると、右手の中指が女蜜にまみれている割れ目を二度三度こすってから上端の肉びらの合わせ目をまさぐって、まるく撫でる。

「アア……」

杏子がせつなげな声を洩らした。過敏なクリトリスを刺戟しているのだ。眼をつむったまま、悩ましげな表情を浮かべている。

拓也はゾクゾクするほど興奮していた。杏子ともう何回もセックスして、それもアナルセックスまでしているというのに、なぜか目の前でオナニーしている杏子と、こんなことなど想像もできなかった、憧れにすぎなかったときの杏子がダブって、よけいに興奮していた。

するうち、杏子も夢中になってきたようだ。肉芽を撫でまわす指の動きが忙しくなって息を乱し、きれぎれに短い喘ぎ声を洩らしている。

よく見ると、感じてきてそうなったらしく、肉びらが開きぎみになっている。

それに眼をつむって顔をそむけていられなくなったか、薄めを開けて鏡を見ていた。

それも恥ずかしい自分の姿と、それを後ろから見ている拓也を。

杏子が見られて興奮していることは明らかだった。しかも異常なほどに。

その凄艶な表情と、いやらしい指の動きが、いやがうえにも拓也の欲情をかきたてた。

拓也は杏子の横に立って、いきり勃っている怒張を鏡に映して見せつけた。

「アアッ、いや……」

杏子は眼を見張り、昂った声でいった。怒張を凝視したまま、一気に興奮が高まってうろたえたように、弱々しくかぶりを振った。

「ほら、オナニーしながらしゃぶって。すげえいやらしい格好になって、もっと興奮するよ」

拓也は杏子の口元に怒張をこすりつけながらいった。

「いやッ、だめ……」

弾む息と一緒にそういった杏子だが、顔を怒張のほうに向けると、マゾヒスティックな衝動にかられたような昂った表情を浮かべて、ねっとりと舌をからめてきた。

これ以上ない淫らな情景が鏡に映し出された。

杏子は左手を怒張に添えて舐めまわしながら、右手の中指で肉芽をこねてせつなげな鼻声を洩らしている。

「すげえいやらしいな。たまらないよ」

拓也は鏡に映っている杏子に眼を奪われて、うわごとのようにいった。ひとりでに怒張がうずいてヒクついていた。

杏子が肉棒をくわえ、顔を振ってしごく。「ふうん」とたまらなそうな声を洩らすと、右手の中指を女芯に差し入れて抽送する。

「アアッ、もうだめッ。イキたい、イッていい？」

いったん肉棒から口を離すと、指を抽送しながら息せききって拓也に訊く。

「いいよ」

拓也がそういうと、すぐまた肉棒をくわえてしごく。

本当にイキたくなっているらしい。夢中になって顔を振り指を律動させる。

すると、また怒張から口を離した。激しく指を使いながら、

「アアイクッ、イッちゃう！」

悩ましい表情を浮かべて切迫した声でいって怒張を握りしめ、腰を揺する。

杏子に見とれて興奮がピークに達していた拓也は、怒張を握りしめられた瞬間、危うく暴発しそうになった。

もう欲情を抑えることはできなかった。肘掛けに縛りつけている杏子の脚のロープを解いて、杏子を椅子から立たせた。立っているのがやっとの杏子を、再び後ろ手に縛ると、ベッドの上に追いたてた。

仰向けに寝かせた杏子の顔にまたがって、拓也は怒張で顔を撫でまわした。

「ほら、もうこれがほしくてたまらないんだろ？」

「ああ、ほしいわ。ちょうだい」

杏子は昂った表情で拓也を挑発するような眼つきで見ていった。

「どこにほしいんだ?」

拓也が訊くと、卑猥な言葉を使って求める。これまた拓也を挑発しようとするように。

それがわかっていても拓也は煽られてしまう。杏子をうつ伏せにすると、むっちりとした尻を手で叩いて、思いきり尻を持ち上げるよう命じた。

杏子はいわれたとおりにした。後ろ手に縛られている上体を突っ伏して、色気が詰まっているようなヒップをこれ見よがしに突き上げた。

「いい格好だ。後ろからやってといってるみたいだよ」

見方によってはいやらしく見える肉づきの尻を手で撫でまわしながら拓也がいうと、杏子は艶かしい喘ぎ声を洩らして身をくねらせる。

拓也は怒張を手にすると、双丘の間にあからさまになっている割れ目を亀頭でまさぐった。音がたちそうなほどヌルヌルしている。亀頭を秘口にあてがうと、押し入った。

杏子は感じ入ったような声を洩らした。

深く突き入っている肉棒を、えもいわれぬ感触を秘めた粘膜がジワッと締めつけて、くわえ込むようにうごめく。

拓也は煽られてアヌスを指にとらえた。そこも女蜜にまみれていて、指を挿し入れていくと、窮屈だがスムーズに滑り込んだ。

その指に薄皮一枚を隔てて肉棒が感じられて、拓也は異様な興奮をおぼえた。

「ほら、前と後ろ同時に犯されてる感じはどう?」

「うう〜ん、アアッ、おかしくなっちゃいそう……」

杏子はたまらなそうに軀をくねらせながら、息も絶え絶えにいう。

狭小なアヌスが繰り返し拓也の指を食い締め、それに連動して女芯が怒張を締めつけてくる。それで杏子自身、どうにかなってしまいそうな快感に襲われているらしい。

「ほら、もっと感じておかしくなっちゃいなよ」

拓也は腰と指を一緒に使ってけしかけた。

「ああ、なるわ。なるから、こんないやらしいわたしのこと、いやになって忘れて」

杏子が熱でうなされているようにいう。

それを聞いて拓也は初めて、杏子が拓也と別れるためにきらわれようとしてあえていやらしい言動に及んでいるのだとわかった。

ところがそこまでして別れようとしている杏子の気持ちを思うと、拓也は苛立った。

そして、それをぶつけるように杏子を攻めたてていった。拓也にはそうする以外なかった。

5

杏子にとって、とりあえずは平穏な日々がつづいていた。拓也との関係がなんとか願いどおりになったからだった。

関係を絶つのは、わかってはいたものの容易なことではなかった。

拓也は杏子の頼みを頑として聞き入れず、押しかけてきて、拒む杏子を無理やり犯すような行為をした。

このままでは、もうどうにもならない。杏子はそう考えて意を決した。

拓也との関係を拓也の両親に明かし、すべての責任はわたしにある、大変申し訳ないことをしたと謝罪したうえで、今後は拓也との関係を絶ちたいと思っているが拓也が聞き入れてくれない、ついては両親からも説得してもらいたいと頼もうと。

そして、そのことを拓也に話した。すると拓也はさすがに困惑したようすを見せた。

だがそれでも聞き入れず、それればかりか逆上してまたしても強引に杏子を求めてきた。

するに任せて、杏子はされるがままになっていた。

拓也の魂胆はわかっていた。なにはさておき杏子を感じさせて歓ばせさえすれば、それでもう別れるなんていわないと、高を括っているのだと。

そして、意地でも感じまいと思っていた。

ところがそうはいかなかった。拓也の行為に対して、セックスの歓びを知り尽くしている軀は杏子の意志に反して情けないほど素直に感応してしまった。

ただ、それでも杏子は必死になってそのようすを見せないよう努めた。

そのぶん拓也はむきになって攻めたててきた。そのため、それに耐えなければならない杏子はよけいに大変だった。

そのときの拓也の行為は、杏子が拒絶の声を発しなかっただけで、レイプ同然だった。

拓也が果てて杏子から離れると、杏子は仰臥したまま天井を見つめて、静かにいった。

「気がすんだ？　残念だわ、最後はきれいに別れたかったのに。帰って」

拓也がなにかいいかけた気配があった。が、なにもいわなかった。

杏子は天井を見つづけていた。

数秒、沈黙が流れた。杏子の気迫に圧倒されたための沈黙だったのか、拓也は無言のまま寝室から出ていった。

それから約半月がすぎた。この間、拓也からの連絡はなかった。

そんなある日、初めての客がカフェに入ってきた。ちょうどランチタイムが終わりかけた頃だったので、席は空いていた。

客は四十代と想われる、印象のわるくない男だった。

「カウンターでもかまいませんか」

「ええ、どうぞ」

男はカウンターの席に座ると、カレーライスとコーヒーを注文して、

「ある人から、こちらのカレーライスは絶品だと聞いたものですから」

と笑っていった。

「ある人、ですか」

ふとある予感がして、杏子は胸騒ぎをおぼえながら訊いた。

「はい。諸沢さんです。ママもよくご存じですよね？」

「え？　ああはい……」

平静を装おうとしたが、杏子は動揺してしまった。

「あ、失礼しました、自己紹介が遅れて。わたしは諸沢先生と同じ医師をしてまして、先生の後輩の堀田雅樹《ほったまさき》といいます。ママは、塩見杏子さんとおっしゃるんでしたね？」

「ええ」

「はじめまして。よろしくお願いします」

「こちらこそ……」

杏子は一礼して調理にかかった。動揺がつづいていたがそれだけでなく、躯が熱くなっていた。

堀田は諸沢から聞いて、杏子のことをいろいろ知っているはずだった。

それを思うと、裸を見られているようで恥ずかしくていたたまれなかった。

堀田はカレーライスをお世辞抜きの感じでおいしいといいながら、あっというまに平らげた。

杏子は食後のコーヒーを出した。どんな話をすればいいのか困っていると、堀田はコーヒーの味も褒めて、コーヒーを飲みながらカフェのことや自分の仕事ことなど、当たり障りのない話をした。

そのことは、杏子を安堵させると同時に、堀田という男に対して杏子に好感を抱かせることになった。

それから堀田は昼食を摂るために毎日のようにカフェにやってくるようになった。

仕事柄、昼休みをまともに取ることもままならないため、くる時間はまちまちだったが、きたときは食事のあとコーヒーを飲みながら杏子と会話を交わす。その会話の内容も、初めてカフェにきたときとさして変わらないものだった。

ただ、徐々によりプライベートなことも話すようになった堀田につられて、杏子もその種の話で差し障りのないことは話すようになった。

そんなある夜、杏子に諸沢から電話がかかってきた。

「堀田くん、毎日カフェに通っているようですね。彼、杏子さんに初めて会った瞬間、一目惚れしたそうです。それ以来、杏子さんのことが忘れられなくなってしまったようで、いまや恋愛病の重症患者ですよ」

諸沢は笑ってそういうと、

「ところで、肝心の杏子さんは彼のこと、どう思ってらっしゃるんですか」

「……とても紳士的で、いい方だと思います」

杏子は戸惑いながら答えた。

「そうですか。よかった。迷惑してるなんていわれたら、どうしようかと思ってたんです。彼の気持ちを考えたら、なんだか可哀相で」

諸沢はホッとしたようにいったあと、また笑っていって、

「あ、断っておきますけど、彼に頼まれて杏子さんのお気持ちを訊いたわけではないんです。彼のことが心配で、ぼくが独断でしたことです。でもよかった。彼のこと、ぼくからもよろしくお願いします」

杏子は一瞬、返事に困った。

諸沢は堀田と付き合ってやってほしいといっているのだ。

そこまでの気持ちが杏子にあったわけではなかった。といってそれをいうことを考えると面倒になって、

「はい」

と、短く答えた。

諸沢は杏子の返事に喜んで電話を切った。

そのあと、杏子はふと自問した。本当にそこまでの気持ちがなくて、面倒になって「はい」と答えたのだろうか。

そして、当惑した。はっきりそうだといいきれない自分がそこにいたからだった。

数日後、いつものようにカフェで昼食を摂った堀田は、帰り際に杏子をディナーに

誘ってきた。

杏子は返事に迷った。だが帰りかけている堀田のことを思って、「ええ」と答えた。とたんに堀田は顔を輝かせて、あとで電話しますといって帰っていった。

――ずるいわ。

堀田を見送ってから杏子は思った。

誘いを断ったら、堀田はそのまま帰らず、杏子を説得しようとするにちがいない。とっさにそう考え、忙しい堀田の足を止めてはわるいと思って応じる返事をしたのだが、誘うつもりならもっと早くいってくれればよかったのにと思ったら、なんだか堀田の計算にはまったような気がしてきたのだ。

それよりも杏子が返事に迷ったのは、誘いに応じたらそのままではすまないだろうと思ったからだった。

もっともそれは、杏子が勝手に思ったことにすぎないかもしれない。

だが杏子自身、そう思った自分に当惑することはなかった。それどころかそう思ったことで胸がときめいていた。

6

昼休み、軽トラの中でコンビニの弁当を食べてウトウトしていると、携帯が鳴り出した。

一瞬杏子からかと思って胸が高鳴ったが、ちがっていた。めずらしく、杏子の娘の美穂からだった。

「おう。久しぶりだな。どうしてる?」

拓也は電話に出ていった。

「昨日から帰ってるの。拓也、今日の夜、なにか予定ある?」

「いや、べつに。なんだよ」

「付き合ってほしいの。飲みにいかない?」

「いいけど、俺がいくのはこじゃれたとこじゃなくて、居酒屋だぞ。それでもいいか」

「全然。じゃあ拓也の都合がいい時間と店、メールして」

「わかった」

電話を切って拓也は怪訝に思った。

——まだ大学の冬休みには早いのに、なんで帰ってんだ？　それにいやに飲みたそうな口ぶりだったけど、美穂の奴、なにかあったのかな。

東京の大学に通っている美穂は、実家に帰ってくるのは毎年正月だけということだった。

そのため拓也は、美穂が大学に入って最初の正月に見かけただけで、それから一年あまり美穂を見ていなかった。

その夜、拓也が行きつけの居酒屋に入っていくと、もう美穂はきていた。

「ごめん。ちょっと早くきたから飲みはじめてたの」

美穂は屈託なく笑っていった。カウンターの上のハイボールらしい酒が入っているグラスは、中身が半分ほど減っていた。

「なによ、どうしたの？　びっくりしたみたいな顔して」

美穂が訝しそうな笑いを浮かべていう。

「あ、いや、マジびっくりしたよ」

拓也はあわてていって美穂の隣の椅子に腰かけた。

「なんで？」

美穂が一口酒を飲んでから訊く。

「一年ちょっと見ない間に、めっちゃきれいになっていたからだよ。一瞬俺、人違いかと思ったもの」

「やだァ。なによそれ。わたしのこと、口説いてるの？」

美穂は嬌声をあげていうと、ドキッとするような色っぽい眼つきで拓也を睨んだ。

「いけないか」

「べつにいいよ」

ふたりが見合って言い合ったとき、店員が注文を訊きにきた。

拓也は酎ハイと何品か料理を頼み、美穂にも好きなものを注文させた。

「だけど、なにかあったのか」

酒と料理を待っている間、拓也が訊くと、

「どうして？」

美穂は訊き返した。

「だっておかしいじゃないか。急に帰ってきて飲みたいなんて」

「そっか。そうよね。ま、いろいろあって……」

なぜか自嘲ぎみにいって美穂はグラスを空けた。そしておかわりを頼むと、

「それより拓也、カノジョいるの？」

「え？　いるわけねえだろ、そんなもん」

脳裏を杏子がよぎって、拓也はつい投げやりにいった。

「なによ、その言い方。ははん、拓也、モテないんだ。まさか、ひょっとしてまだ童貞だったりして」

「バカヤロー。その反対だよ。決まった女をつくらないだけで、モテまくってヤリまくってんだよ」

からかう美穂に拓也は罵声を浴びせ、豪語した。

そこへ酒と料理が運ばれてきた。

拓也の豪語は、まったくの強がりだった。杏子に関係を絶たれて以来、この二カ月ちかく、女っ気なしの日々を送っていたわけではなかったが、モテまくりヤリまくりには程遠かった。

この間、拓也は二回風俗店にいって、ありあまる精を発散させた。だがそれだけのことで、心からの満足感は得られなかった。

拓也自身、理由はわかっていた。どうしても身も心もとろけてしまうような杏子とのセックスと比べてしまうからだった。

拓也には、まだ杏子への未練が根強くあった。だがふたりの関係を拓也の両親に明かすという杏子の言葉はただの脅しとは思えず、拓也の本音をいえば、それは絶対に回避しなければならないことだった。

それでいて、未練を断ち切ることができないのだ。

この二カ月ちかくは、拓也にとって狂おしいばかりの懊悩の日々だった。

そんなとき、かつての恋人だった美穂に誘われて飲むことになって、拓也は久々に気持ちが高揚していた。

「おいおい、そんなにハイピッチで飲んで大丈夫か」

さっきからぐいぐい飲んでいる美穂を気づかって拓也はいった。

「大丈夫。わたし、今夜は思いきり飲んで、酔っぱらいたいの」

美穂は呂律があやしくなった口調でいって、なおもグラスを傾ける。

そのようすを見れば、少しも大丈夫ではなかった。呂律だけでなく、ときおり躯が揺れている。

「拓也、わたしね、自業自得だけど、ひどいめにあったの」

美穂がグラスの口をつまむように持って、うつむきかげんでいった。

「ひどいめ？　どんな」

「でも、ありふれてて、笑っちゃうようなことなの」

美穂は自嘲した。

「わたし、不倫してたのよ。相手は、わたしより十五コ年上の、同じ大学の准教授。彼は必ず奥さんと別れて、わたしと結婚するって約束したの。わたしはそれを信じて疑わなかった。でもそのうち奥さんにバレて、奥さんがわたしのところに怒鳴り込んできたの。それで彼はビビッちゃって、わたしから逃げた。ね、あまりにもありふれてて、笑っちゃうでしょ。でもわたし笑えないのよ。自分のこと、なんてバカなの、あんなクズ男のことなんか忘れてしまえ。そう思ってもだめなのよ。どうしてもだめなの」

独白するように話しているうち、美穂の頰を涙が伝っていた。

拓也はとっさに言葉がなかった。自分と杏子のことを思うと、かなり異なる話とはいえ、美穂の気持ちが痛いほどわかった。

「つらいだろう。でもすぐにはどうにもならないこともある。時間でしか解決がつかないことが……」

拓也は自分自身に言い聞かせるようにいった。

美穂は手で涙を拭った。

「ごめん。でもありがとう。拓也に聞いてもらってよかった。それに驚いちゃった。拓也がこんなにやさしいことをいうなんて」

「見直したか」

「ちょっとだけね」

「このヤロー！」

美穂は笑って首をすくめた。

「俺もよかったよ、美穂に会えて」

拓也はそういうと伝票を手にして立ち上がった。

「送っていくよ」

レジにいくと、美穂が自分が誘ったのだから勘定を払うというので拓也は、なにをいってんだ、俺は社会人だぞといって支払いをすませた。美穂は、ありがとう、ごちそうさまと礼をいった。

店を出ると、拓也は驚き、戸惑った。美穂が腕をからめて軀をもたせかけてきたのだ。

「帰りたくない。拓也、わたしを抱いて」

からめている腕に力をこめて、思いがけないことをいった。

「え!?」

拓也は耳を疑った。返す言葉が見つからない。

「いやなこと、忘れさせてほしいの」

美穂が切実な口調でいう。

「いいのか」

拓也は思わず訊いて、同時に内心、なんだか的外れなことをいってしまったと焦ったが、美穂はコックリうなずいた。

ふたりがいるのは薄暗い歩道で、うつむいている美穂の表情はわからないが、思いつめているようすが感じられた。

そのとき拓也は初めて胸が高鳴ってきた。そして、思考を巡らせた。この先、タクシーを呼ぶには近すぎる距離に、ラブホテル街があった。そこに向かって歩きだすと、美穂は腕をからめたまま黙ってついてきた。

拓也は歩きながら自問した。

――これで美穂と関係を持ったら、もう杏子との関係をつづけたいなんていえない。終わってしまう。それでもいいのか……。

いいという答えは出てこない。それでいて、腕に美穂の張りのある乳房を感じていると、ラブホテル街に向かう足は止まらない。

そのとき、「え⁉」と美穂が驚きの声を発した。

「あれ、お母さんだわ」

美穂につられて通りの反対側を見た拓也は、激しくうろたえた。

シティホテルの前に停まっているタクシーから下りた男女の、女は杏子だった。

相手は、拓也の知らない男だった。

男の年格好は杏子と同年齢で、紳士然としたタイプ。その男が杏子の背中に手を当て、エスコートするようにしてホテルに入っていく。

拓也はカーッと頭に血が昇った。

「へえ〜、お母さん、いい人いたんだ。でも当たり前だわ。お母さんて、娘のわたしから見ても魅力的な熟女だもん」

拓也の思いなど知る由もない美穂は、感心したようにいって拓也の気持ちを逆撫でした。

逆上した拓也は美穂の腕をつかむなり、荒々しい足どりで歩きだした。

「急にどうしたの⁉　なにかあったの⁉」

美穂が驚いて訊くのも無視して、足早にラブホテル街に向かっていく。

無視するのも当然だった。拓也の頭の中では、想像するだけで嫉妬をかきたてられて気が狂いそうになるシーンが渦巻いていた。それは、これまで拓也が杏子と繰りひろげてきた情事——それと同じことを杏子があの男とするシーンだった。

拓也は思った。

——杏子は、ガーターベルトがセットになったセクシーな下着をつけているかもしれない。それに濡れやすいタイプだから、もうあそこは……。

そんな想像も浮かんで、怒りにも似た嫉妬に襲われていた。

ラブホテルの部屋に入ると、美穂のほうから抱きついてきた。

「わたしたち、キスまでだったよね」

誘うような眼つきで拓也を見ていうと、

「拓也、わたしをレイプするみたいに犯していいから、クズ男を忘れさせて」

その言葉と拓也の中で行き場がなかった激情がスパークした。

拓也は美穂の唇を奪うと荒々しいキスをしながら、美穂をベッドに押し倒した。そのまま馬乗りになると、美穂の着ているものを乱暴にむしり取っていって、またたくまに全裸にした。

レイプしてと自分からいった美穂は、その間、驚いたり戸惑ったりしたような声や喘ぎ声を発しただけで、「いや」とか「だめ」とかという言葉はまったく口にしなかった。

美穂を全裸に剝くまで一直線に突っ走った感のあった拓也だが、目の前に横たわっている若さが弾けそうな裸身に、思わず見とれた。

母親に似て、美穂のプロポーションは完璧だった。

美穂が胸を隠している両腕を、拓也は胸から引き離した。あらわになった、形よく盛り上がっている乳房に、しゃぶりついた。

両手で弾力のある膨らみを揉みたてながら、乳首を舐めまわす。

美穂が繰り返しのけぞって、感じた喘ぎ声を洩らす。

拓也は軀を下方にずらしていくと、美穂の両足首をつかんで強引に開いた。美穂は戸惑ったような声を発して両手で股間を隠した。

美穂がそむけている顔を見て、拓也は意表を突かれた。いやがったり恥ずかしがったりというのとはちがって、興奮した表情が浮かんでいるのだ。

──マジかよ、母娘してマゾッ気があるなんて。

驚いて胸の中でつぶやいた。

だが勘違いかもしれないとも思った。そこで、だったら確かめてみればいいと思って、いったんベッドから下りた。

拓也は浴室にいってバスローブの紐を二本持ち帰った。ベッドの上の美穂はそれを見て怪訝な表情をしたが、すぐに緊張したような表情になった。拓也が手早く着ているものを脱ぎはじめたからだ。

拓也は裸になった。〝欲棒〟は腹を叩かんばかりにいきり勃っていた。それを美穂は息を呑んだような表情で凝視している。

拓也はベッドに上がると、美穂の上体を起こした。後ろ手にして、両手首をバスロ－ブの紐で縛った。

「やだ、拓也、ＳＭの趣味あるの？」

美穂が驚きと戸惑いが入り混じったような声で訊く。

「もともとあったわけじゃない。ある女に教えられたんだ」

そういいながら拓也は美穂の片方の膝に紐を括りつけた。

「どういうこと？　その女の人に縛ってとかいわれたの？」

美穂は自分のことよりそっちのほうに興味を持ったように訊く。

「そうだよ。全然そんなことをいうようなタイプじゃない、美人で上品な女に。それで教えられたってわけだ。女ってやつはわからないってな」

そういっている間にロープの反対の端で一方の膝も縛った拓也は、そこでそのロープを美穂の首の後ろにかけた。

「そんなァ。やだァ」

美穂は嬌声をあげた。カエルが仰向けにひっくり返ったような格好にされて、さすがにうろたえている。

拓也にとって初めて見る秘苑があからさまになっていた。母親の杏子とちがって、もやっとした感じに生えているヘアの下に、色も形状もきれいで整いすぎていやらしさに欠ける肉びらが、わずかに口を開けている。

「美穂、おまえ縛られたことがあるのか」

拓也が訊くと、

「あるわけないでしょ」

美穂は動揺しているようすでいった。

「でもマゾッ気がありそうだな。こうやって恥ずかしい格好にされたら、よけいに興奮した顔してるし、第一、アソコがもう濡れて光ってる……」

「そんな、そんなことないよ」

美穂は身をくねらせていった。ますますうろたえているのが、拓也がいったことが図星なのを証明している。

そのとき不意に、目の前の美穂と同じ格好にされている杏子の姿が拓也の脳裏に浮かびあがった。

とたんに拓也は猛々しい凌辱欲に襲われて、美穂の股間に顔をうずめていった。

その瞬間、拓也の耳に、美穂の感じ入ったような声と杏子の感泣が重なって聴こえた。

*本作品は書下しです。文中に登場する団体、個人、行為などは
すべてフィクションであり、実在のものとは一切関係ありません。

◉新人作品**大募集**◉

マドンナメイト編集部では、意欲あふれる新人作品を常時募集しております。採用された作品は、本人通知のうえ当文庫より出版されることになります。

【応募要項】 未発表作品に限る。四〇〇字詰原稿用紙換算で三〇〇枚以上四〇〇枚以内。必ず梗概をお書き添えのうえ、名前・住所・電話番号を明記してお送り下さい。なお、採否にかかわらず原稿は返却いたしません。また、電話でのお問い合せはご遠慮下さい。

【送付先】 〒一〇一-八四〇五 東京都千代田区神田三崎町二-一八-一一 マドンナ社編集部 新人作品募集係

美熟未亡人《びじゅくみぼうじん》の秘密《ひみつ》

二〇二四年七月十日 初版発行

著者◉雨宮 慶【あまみや・けい】

発行◉マドンナ社

発売◉二見書房 東京都千代田区神田三崎町二-一八-一一
電話 〇三-三五一五-二三一一(代表)
郵便振替 〇〇一七〇-四-二六三九

印刷◉株式会社堀内印刷所 製本◉株式会社村上製本所 落丁・乱丁本はお取替えいたします。定価は、カバーに表示してあります。

ISBN978-4-576-24051-0 ◉Printed in Japan ◉©K.Amamiya 2024

マドンナメイトが楽しめる! マドンナ社 **電子出版**(インターネット)……https://www.futami.co.jp/adult

Madonna Mate

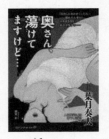